劇場版
銀魂《ぎんたま》
完結篇
万事屋よ永遠なれ
JUMP j BOOKS

登場人物

坂《さか》田《た》銀《ぎん》時《とき》

江戸の街で万事屋《よろずや》を営む。かつては「白夜叉《しろやしゃ》」と恐れられたほどの強さを誇る。

志《し》村《むら》新《しん》八《ぱち》

万事屋のツッコミ役。5年後では、革コート姿の男前になった。洞爺湖《とうやこ》の木刀を持っている…。

神楽《かぐら》

毒舌暴食ヒロイン。5年後は髪をおろし、セクシーな姿に。チャイナ服には銀時の着物の模様をあしらっている…。

定《さだ》春《はる》

STORY

「5年後の世界」に呼び出された坂田銀時。そこで出会ったのは、成長し男前になった新八と、美少女へと変貌を遂げた神楽だった。真選組《しんせんぐみ》や攘夷《じょうい》志士たちもなんだかいつもと違う──!?　変化した世界の謎を解くため、銀時たちの戦いがはじまる──!!

近藤勲《こんどういさお》
土方十四郎《ひじかたとうしろう》
沖田総悟《おきたそうご》
お登勢《とせ》
桂小太郎《かつらこたろう》
山崎退《やまざきさがる》
月詠《つくよ》
志村妙《しむらたえ》
猿飛《さるとび》あやめ
柳生九兵衛《やぎゅうきゅうべえ》
魔魅《えんみ》
攘夷戦争のとき、銀時が
戦った異形の天人《あまんと》。

「劇場版銀魂　完結篇　万事屋よ永遠なれ」
原作：空知英秋（集英社「週刊少年ジャンプ」連載）
監督：藤田陽一
脚本：大和屋暁
キャラクターデザイン／総作画監督：竹内進二
アニメーション制作：サンライズ

劇場版 銀魂 完結篇

万事屋よ永遠なれ

GINTAMA THE MOVIE
FINAL

映画館の暗がりの中、客席の背もたれのかげから姿を現したのは、もはやおなじみとなったあいつである。頭がカメラで、黒スーツ、パントマイムをする映画泥棒。

「劇場内での映画の撮影、録音は犯罪です。法律により十年以下の懲役、もしくは一千万円以下の罰金またはその両方が科せられます」

ナレーションが流れる中、映画泥棒は投光器の光に追いつめられ、慌《あわ》てふためいている。

「不審《ふしん》な行為を見かけたら、劇場スタッフまでお知らせください。NO　MORE　映画泥棒」

＊

映画館の暗がりの中、客席の背もたれのかげから姿を現したのは、映画泥棒だ。

いつものようにパントマイムを始めた映画泥棒、その背後に一人の男が立った。

「……しつこい。人が黙ってたら何回映画泥棒すれば気が済《す》むんだテメーは」

丸めたパンフレットで映画泥棒の頭をスパンと叩《たた》いたのは、坂田銀時《さかたぎんとき》だった。

何も盗《と》ってない、と首を振る映画泥棒に、銀時は冷《ひ》ややかに言う。

「何も盗んでいない？　いいえ、アナタはとんでもないものを盗んでいきました。……つーかよ、映画観《み》にくるたんびに二回も三回も同じ過《あやま》ち犯《おか》しやがって。お前アレだろ。確か前の『新訳紅桜篇《しんやくべにざくらへん》』の時も来てただろ」

来てない、とマイムで答える映画泥棒の頭を、銀時はやはりパンフで叩きまくる。

「とぼけんじゃねーよ。前も、どや顔でパントマイムやってただろーが！　てめーの気色悪いパントマイムなんて、こっちは毛ほども興味ねーんだよ。長い予告映像で疲れ果てた客席の空気も読めねーのか、あ？　人様の貴重な時間奪《うば》いやがって。てめーは、もうアレだ、時間泥棒だ。ＮＯ　ＭＯＲＥ　時間泥棒！　いいからさっさと映画始めろっつーんだよバカヤロー！」

声を荒《あら》らげたあと、銀時は、『劇場版銀魂』を観に来たお客さんに詫《わ》びた。

「すいませんね、なんかゴタついちゃって。もう始めるんで、スグ始めるんで。――お前も謝《あやま》れコラ」

銀時がもう一度頭を叩くと、映画泥棒は大きく両手を上げたあと、オーバーに土下座《どげざ》の真似《まね》をした。動きに合わせて、銀時はセリフをつける。

「まことに、申《もう》し訳《わけ》ございませんでした〜……って、パントマイムで謝んな！」

またスパンと映画泥棒を叩く。

「人間、心までパントマイムになったらシメーだよ。ほら、早く始めるぞ」

だが、映画泥棒は動かなかった。その停止時間が思いのほか長い。

あれ、と思い、銀時は『劇場版銀魂』を観に来たお客さんにもう一度断《ことわ》った。

「……ちょっとスイマセン。スグ終わるんでちょっと待ってもらえます？」

そうしてから、おい、と映画泥棒に声をかける。

「何やってんだよ。早くしろよ。……これ以上、お客さん待たせせんじゃや……」

そこで異変に気づく。

「……お前……泣いてんのか？」

映画泥棒の肩がわなわなと震えているではないか。

「え、ちょっと待って、何やってんの？」

銀時は慌《あわ》てた。

「みんな待ってるって言ってんのがわかんないの？　お前が謝んねーと映画入れねーだろうが、オイ……俺の話聞いてる？　なあって」

映画泥棒の肩をゆするが、無反応だ。いよいよ焦《あせ》る。

「いや、うん、確かに俺も言い過ぎたとこある。あるけどさ、だってお前が悪いじゃん……映画泥棒なんかするからさ」

映画泥棒が顔を上げた。言葉ではなく、身振りで何かを伝えようとしている。

「え？ 何？ 自分が情けなくて、うなだれてた？ いやいや、反省してくれてんなら俺はもういいんだよ、ウン。俺もホントはそんなに怒ってるワケじゃないからね。ただ、やっぱ劇場だし親子連れとかいるワケだし、親の手前、言うことは言っとかないとなって。ね、そういうことだから、じゃ、そろそろ謝って映画始めようか……」

切りあげようとした銀時だったが、映画泥棒のマイムが続く。

「……え？ ああ、そう。パントマイマー目指《めざ》して上京したはいいけど、金になんなくてつい映画泥棒を」

銀時は腕を組む。

「まぁまぁまぁ、わかるけどさぁ、それを言《い》い訳《わけ》にしちゃダメだよ、夢を言い訳にしちゃダメだよね、それはお前がパントマイムを一番バカにしてることになっちゃうからさ、まぁわかったら、あとは楽屋裏で聞くから、とりあえず立とうか、ウン」

言って、銀時は楽屋裏を指さしたのだが、映画泥棒は動かない。

「ああ、そう。今はもう映画泥棒になるほうが夢なんだ。ま……いいんじゃない。じゃ、なっちゃえよもう、立派な映画泥棒に。じゃあもう謝らずに、さっさとここから退散しようかウン」

するると、後頭部をコンコンと叩き、なにやら不調を訴《うった》える。

「え？　なに？　どうした？　カメラの調子悪くなった？　さっき俺に叩かれたから……って、え、ウソ、俺そんなに強く叩いた？」

なんとか立ち上がった映画泥棒に、銀時は心配そうに声をかける。

「大丈夫？　ビックカメラ……寄る？」

だが映画泥棒は寂《さび》しそうに首を横に振る。

「カメラが壊れたから、映画泥棒、もうムリっぽい？　え、ウソ。俺のせい？　俺のせいなの？　ちょっと待って、俺ビックカメラのポイント、結構たまってるけど……え、これじゃ、足《た》んない？　あ、そう」

そして、映画泥棒はその場から歩き去っていった。

「なんか、ごめん……」

＊

映画館の暗がりの中、客席の背もたれのかげから姿を現したのは、銀時《ぎんとき》だ。

銀時はビデオカメラを片手に周囲を警戒しながら登場した。そして、銀時に続いて、映画泥棒も同じように登場する。

銀時は映画泥棒と顔を見合わせると頷《うなず》き合《あ》った。「行くぞ」という合図だ。

声と人が降ってきたのは、その直後だった。

「なんでお前まで映画泥棒してんだああぁ！」

最後列の座席から、新八《しんぱち》と神楽《かぐら》がつっこみながら飛び降りてきたのだった。

銀時の上に降り立った新八が、言いたてる。

「いい加減にしろよあんたら！　どんだけここだけで尺《しゃく》とるつもりだ！　マジでノーモアなんだよ！　もうウンザリなんだよ！」

「いや、映画泥棒君にいろいろ迷惑かけちゃったんで、何か力になれないかと」

銀時が言うと、

「いや、迷惑かかってんの観客のほう！　つーかこれ小説版だから読者のほう？　ややこし！」

いいですか、銀さん、と新八は続ける。

「僕らの今日の仕事は映画館の見回りでしょうが！　不審者《ふしんしゃ》とりしまるアンタが何やってんの!?」

だが銀時は舌打ちして、

「見回りったってこんな場末《ばすえ》の古い劇場、客なんていねーじゃねーか。つーか昼間から働きもせずこんなポルノ映画、タイトルなんだっけ？　『アレ勃《た》ちぬ』だったっけ？　そんなもん観《み》てる時点で全員不審者みてーなもんだろ」

「誰が不審者だコノヤロー！」

と、客席から声を上げたのは、武蔵《むさし》っぽい人だ。客席には、ほかに定春《さだはる》と、酒瓶《さかびん》を手にした長谷川《はせがわ》の姿もある。

そこへ神楽が言った。

「銀ちゃん、仕事放棄《ほうき》はダメアル。それに、ここにはダメ人間しかいなくても、『銀魂《ぎんたま》』の映画を観《み》に来てくれる子はよい子ばかりよ。私たちがちゃんと映画鑑賞《かんしょう》のマナーを教えてあげなきゃダメアル」

そう言うと神楽は、『劇場版銀魂』を観に来たよい子のほうに向きなおった。

「いいアルか、よい子のみんな。映画鑑賞の心得その1。上映中は撮影はもちろん、その協力もメ！アル。不審者《ぎんとき》を見つけた時は速《すみ》やかに劇場の係員に報告するアル」

「おーい、不審者のルビがおかしなことになってんぞ」

だが、神楽はかまわず続ける。

「心得その2。上映中は携帯などの電源を必ず切ること。通話はもちろんおしゃべりも他のお客さんの迷惑になるアル。高杉様《たかすぎさま》～、とか奇声を上げるクズ野郎は人生の電源切るからな、ペッ」

「誰に言ってんの？　何の忠告なの」と、これは新八。

「心得その3。三回映画を観に行かないと特典がもらえないとか毎回特典が違うとか、け●おん商法及びそれにつらなるあざとい釣《つ》りに注意すること。汚い大人《おとな》たちはみんな財布《さいふ》を狙《ねら》ってるアル。気をしっかりもって財布のひもはキツく結んでおくことネ」

「いや僕らに言われたくねーよ!?　うちも『紅桜篇《べにざくらへん》』でおんなじようなことやってただろーが！」

新八が言うが、神楽は無視してさらに続ける。

「心得その4。当映画『アレ勃ちぬ』は、一回観覧ごとに、『嬢《じょう》』、『豚《ぶた》』、『馬《うま》』、のセル画風フィルムのうちいずれか一枚の特典がもらえるアル」

そう言って、神楽はセル画のシートを三種類取り出した。しおりくらいのサイズのフィルムだ。

「ご覧の通り、『嬢』はSM嬢、『豚』は白ブリーフのクソ豚野郎、『馬』はゼロ戦型木馬のことアル」

「おいィィィィ！　よい子にどんな特典つけてんだァァァ！」

「ご覧の通り、こうやって三枚重《かさ》ねれば映画の世界観を完全再現できる三位一体《さんみいったい》の代物《しろもの》ネ。よい子は必ず三つそろえること」

にっこり微笑《ほほえ》んで、神楽は三枚のフィルムを重ねる。すると、ゼロ戦型木馬にまたがりSM嬢に鞭《むち》で叩《たた》かれているクソ豚野郎の図柄《ずがら》が完成。

「いや、どんな世界観!?　三位一体にした瞬間、お下劣《げれつ》レベルうなぎのぼりですけど！」

そこへ銀時が「オイ」と口を挟《はさ》んだ。

「ひょっとして俺たち三人いるからすでに三つそろったんじゃね？　俺、『豚』な」

「なら、私は『嬢』」

「ちょっと待って、じゃあ僕、『馬』!?」

「と、このように友達三人で来るのも手アル」

神楽が言った時、客席から怒鳴《どな》り声《ごえ》が上がった。

「うるせぇえ！　そんな特典なんざどーでもいいからさっさと映画始めろォォォ！」

長谷川である。続けて、武蔵っぽい人も、

「こんなもん誰がいるかァァァ！」

「すいまっせーん、今始まりますから！」

ブーイングに謝《あやま》りながら、銀時は「あれ？」と気づいた。

「おい、映画泥棒がいねえぞ……」

だが、そのとき見えた。黒いスーツの背中。劇場の外に逃げ出そうとしている映画泥棒だ。

「あっ、てめっ、待ちやがれ！」

「逃がさねーぞこの出歯《でば》カメラ野郎！」

銀時と神楽が怒鳴《どな》り、万事屋《よろずや》三人は、劇場のロビーで映画泥棒に追いついた。

「今さら悪あがきしやがって。その頭からエロテープ引きずり出したろか」

神楽が脅《おど》すと、映画泥棒は必死で頭を振り、やめろと訴《うった》える。

「神楽ちゃん、警察へ連れていく前に盗撮《とうさつ》した中身確認したほうがいいんじゃないかな」

新八が言うと、それを銀時が制した。

「おい、待てお前ら。おそらく中身はポルノ映画だ。んなもん確認したらよい子が見てるスクリーンにとんでもねえもんが映ることになるぞ。3D《スリーディー》になっちゃうよ、お客さんの何か飛び出しちゃうよ」

「そういう下品なたとえすんなアル。お前の脳漿《のうしょう》3Dにしたろか」

神楽がつっこんだが、銀時は気にせず続ける。

「よし。じゃあ、ここは大人《おとな》の俺に任《まか》せとけよ。大人はちょっとやそっとじゃ３Ｄになんかならないから。じゃあ、映画泥棒、一緒に来てもらおうか」

言って、銀時は箱ティッシュ片手に映画泥棒と歩きだした。

「いや、３Ｄになる気満々じゃねーか！　初《しょ》っ端《ぱな》からどんな下《しも》ネタぶっこんできてんだ！」

新八のツッコミを背に、二人はトイレへと向かうのだった。


さてトイレである。

銀時は映画泥棒の頭部に手を伸ばすと、モニターパネルを開き、それをぐるりと百八十度回転させて自分のほうへ向けた。そして再生ボタンを押し、

「何が映ってんのかなー」

と、ワクワク。よい子に見せられない映像を期待していた銀時だったが、すぐに様子がおかしいと気づいた。モニター画面から光が溢《あふ》れだしたのだ。

「え……？」

光は瞬《また》く間《ま》に銀時の視界を覆《おお》い尽《つ》くす。

「ちょ、まぶ、お前コレ何の映画盗撮して──」

＊

間断《かんだん》なく聞こえる銃声と、時おり腹に響《ひび》くような爆発音──

そこは戦場だった。

攘夷《じょうい》戦争だ。天人《あまんと》の軍団と、攘夷志士《しし》の軍団が交戦中であった。

銃撃戦、白兵戦、弾雨《だんう》と剣電《けんでん》のかなたに見えるのは、荒野に墜落《ついらく》した宇宙船である。

そのそそりたった宇宙船のてっぺんで、

「はあああああ！」

白刃《はくじん》を手に、異形《いぎょう》の天人に斬《き》りかかっていくのは、坂田銀時《さかたぎんとき》である。

敵の天人は、菅笠《すげがさ》のようなものをかぶり、マントをまとっていた。魘魅《えんみ》、という名の天人たち。そのボスとの最後の戦いだった。

魘魅の顔には包帯のような呪符《じゅふ》が巻かれ、その隙間《すきま》に赤い眼が妖《あや》しく輝いている。

魘魅のボスは、無数の呪符を鞭《むち》のように使い、銀時を攻めたてた。

銀時は、襲《おそ》いくる呪符を次々に回避するが、そのうちの一つが腕を掠《かす》った。血が飛び散り、魘魅のボスはにやりとする。が、銀時は怯《ひる》まず突進した。気合いの声とともに刀を振

った。

殺《や》った――魘魅のボスの首が宙を舞い、地面に落ちた。

首を刎《は》ねられた魘魅のボスは、もう動かなかった。赤い眼もその光を失っていく。

銀時はがくりと膝《ひざ》をつき、肩で息をした。激戦のダメージが意識を朦朧《もうろう》とさせていた。

しばらくそうしたあと、なんとか息を整《ととの》え、刀を杖《つえ》のようにして立った。

魘魅のボスの骸《むくろ》に背を向け、銀時は歩きだした。仲間のところに戻るのだ。その足が少しふらついた。全身に傷を負《お》っている。右手の甲に受けた新しい傷から、血が流れているのがわかった。

血は、あとで止めればいい。戦いには、勝ったのだ。


銀時が遠ざかっていくと、魘魅の頭部に異変が起きた。

赤い眼がかすかに点滅し、首からは黒い霧のようなものが流れ出ている。

銀時の背を見つめながら、

「……血塗《ちぬ》られたその姿、まさしく白夜叉《オニ》よ」

魘魅のボスは呟《つぶや》く。その声は、むろん銀時には届いていない。

「同胞《どうほう》を護《まも》らんがため、修羅《しゅら》の道をゆくか。だがお前のその禍々《まがまが》しき手は…… いずれその

腕に抱《いだ》いた尊《たっと》きものまで粉々に握《にぎ》りつぶすだろう……」

魘魅のボスが、笑ったように見えた。

「それが、鬼の背負《せお》いし業《ごう》よ……愛する者も、憎む者も……すべて喰《く》らい尽《つ》くし……この星《セカイ》でただ一人……哭《な》き続けるがいい。——白夜叉《しろやしゃ》」

＊

『劇場版銀魂《ぎんたま》 完結篇《へん》 万事屋《よろずや》よ永遠なれ』というタイトルが画面に映し出される。

そして画面は変わり、江戸《えど》のターミナルの映像、さらには空を行《ゆ》き交《か》う宇宙船の映像になった。そこに、新八《しんぱち》のナレーションがかぶさる。

『侍《さむらい》の国、僕らの国がそう呼ばれていたのは今は昔の話——』

「え……？　何？　ちょっと何コレ……なんか、始まっちゃったんだけどコレ」

戸惑《とまど》いの声をもらす銀時《ぎんとき》の前で、アニメ版のいつもの冒頭映像が続いている。

『かつて侍たちが仰《あお》ぎ、夢をはせた江戸の空には、今は異郷《いきょう》の船が飛《と》び交《か》う』

「おいおいマズイよ……コレ完全に『劇場版銀魂』盗撮《とうさつ》されちゃってるよ」

『かつて侍たちが肩で風を切り歩いた街《まち》には、今は異人がふんぞり返り歩く』

「いや、どこで盗みとってきたのかしんねーけど、こんなのネットにでもアップされたら

『それが僕らの世界、僕らの街、江戸である。侍たちが剣も誇りも失った時代——』

「つーか、今、『完結篇』とか映ってなかった？　『万事屋よ永遠なれ』とか出てなかった？」

『だがしかし、そんな時代に己《おのれ》の侍魂《さむらいだましい》を堅持《けんじ》し生き続ける男が一人』

「え？　そーいう感じなの？　今回の映画、そーいうカンジなの？　聞いてないんだけど」

『ラストサムライ——坂田《さかた》銀時。そう彼が呼ばれていたのも今は昔の話——』

新八のナレーションとともに、銀時は自分が今いる場所に気づいた。

墓場だ。そして、傍《かたわ》らの墓石《ぼせき》には「坂田銀時」の名が刻《きざ》まれている。

「いや、待たんかいィィィ！」

叫ぶと同時に、銀時は映画泥棒に頭突きを見舞った。

「な、何じゃこりゃあああ！　永遠なれって、ほんとに永遠のお別れになってんだろーが！　死んでんじゃん！　俺死んでんじゃん！　完結篇って、ホントに銀さん完結してんだろーが！　劇場版だからって何はしゃいで勝手なことやってんの!?」

銀時はもう一度、墓を確認する。やはり自分の名が彫《ほ》られている。さらにはお供《そな》え物《もの》の団子《だんご》まで。

「いや聞いてねーぞこんな話ィィ！　普通こういうのは煽《あお》るだけ煽って大丈夫なパターンじゃないの？　ナルトだって、死す言ってたのに生還《せいかん》してただろーが！　ヤマトだって、さらば言ってたのに、キムタクになっただろーが！　開始二分で俺死んでんじゃん！」

つっこみまくる銀時だが、映画泥棒は何も答えない。

「ふざけやがって」と銀時は歩きだす。

「こーいう原作の根幹《こんかん》に関《かか》わる話は一回集英社《しゅうえいしゃ》通せって言っただろーがサンライズ！　もう映画泥棒どころの話じゃねーよ！　ちょっと上井草《かみいぐさ》までどなりこんでくるわ俺！」

と、そこでふと足を止める。

「えーと……上井草って、どこだっけ？　つーか、ここ……どこだっけ？」

改めて辺《あた》りを見回すが、見覚えのない墓地である。

「アレ？　そもそも俺、さっきまで劇場にいたよな。新八と神楽《かぐら》もいたよな。なのにこれ……」

こみあげてくる不安に、銀時の顔はどっと汗にまみれた。

「劇場つーか、……俺、劇場版の中に入ってね？」

一秒後、銀時は引きつった顔で叫んだ。

「いやいやいやいや……いやいやいやいや！　そんなワケないじゃん！　アレだよアレ、3D《スリーディー》映画！　最近のCG技術の発展はめざましいものがあるからさああ！　いやスゴイ迫力だなー！　何かが飛び出すどころか、中に出されちゃったよ！　大丈夫なの映倫的に。いやホントスゲー臨場感!?」

銀時はお供え物の団子を見た。そうだこれだって――

「団子なんかもホラ……食べられそうなくらいリアルで……」

と、食べてみる。すると食べられる。

「つーか食べられるんだ。……いやいやいや、団子くらい食えるよそりゃ！　だって3Dって、元々3つの団子の意だからね。確かそんなんだったからね！　大丈夫だ！　うん、これは絶対3Dだ！」

人の気配を感じたのはその時だった。

銀時は思わずといった感じで映画泥棒とともに自分の墓石の裏に隠れ、息を殺す。

「おやおや、アイツの供え物がなくなってらぁ」

と、聞こえてきたのは、お登勢《とせ》の声だった。

銀時は墓石の裏から、そっとお登勢の様子を窺《うかが》った。

お登勢は墓の前にしゃがみ、静かに語りかけている。

「供え物食っちまうなんて、銀時……あんたみたいなバチあたりが、まだこの世にいたんだね」

お登勢は微笑《ほほえ》んで続ける。

「そういや、アンタも昔、私の旦那《だんな》の供え物盗み食いしてたっけりねぇ。まさか墓場に入って同じ目にあうとは……これも因果応報《いんがおうほう》ってやつかねぇ」

そして、墓石に手を合わせながら、

「早いもんでアンタが死んで五年。この町もアンタがいた頃とはすっかり変わっちまったよ……。今のこの町見たら……アンタはいったいなんて言うだろうね」

*

——なんだよ、これは……。

墓地を離れ、銀時《ぎんとき》はふらふらと町を歩いていた。町——かぶき町だ。いや、かぶき町だったところ、と言《い》い換《か》えねばなるまい。

目に映る町並み。そこに、銀時の知るかぶき町の姿はなかった。

周辺のビルや民家は、大半は半壊しているか、あるいは瓦礫《がれき》の山となっていた。なにより信じがたかったのは、町の象徴ともいえるターミナルがへし折れ、巨大な骸《むくろ》と化してい

ることだった。何が起きたら、こんな有様《ありさま》になるのだ……。

変化は建物だけではない。廃墟《はいきょ》となった町で、人間もまたその機能を停止していた。路地のそここに、へたりこんだり、倒《たお》れ伏《ふ》したまま動かない者が見える。そして奇妙なことに、そうやって動けない者は皆、一様《いちよう》に白髪頭《しらがあたま》になっていた。

墓地でお登勢《とせ》が呟《つぶや》いていた言葉が脳裏《のうり》に蘇《よみがえ》る。

――アンタのいる世界が地獄なのか、私らのいる世界が地獄なのか、今じゃわかりゃしないよ……。それでも、皆生きてるよ。アンタの死を受け止めて、それぞれの道をさ……。だからアンタも、そっちで元気にやりな。

「3D《スリーディー》映像でも映画でもねぇ。じゃあ、この世界はいったい何だ……」

ふらふらと歩きながら呟いた銀時に、

「まぎれもない現実です」

と、不意に聞こえた声。

振り返ると、映画泥棒が立っていた。

映画泥棒は続けた。

「いや、現実では少し語弊《ごへい》がありますね。銀時様、アナタにとってはいずれ来《きた》るべき現実、と言ったほうがよろしいでしょうか……」

「お――」

銀時は口をパクパクさせた。

「お前喋《しゃべ》れたのォォォ!?」

まずそこをつっこんだ。

「え!? 何!? てっきり魔女宅のパン屋の親父《おやじ》みたいなジェスチャーキャラでいくのかと思ったら、喋れるんじゃん! つーか、突然何ワケわかんねぇこと喋りだしてんの!?」

「銀時様、残念ながら私は映画泥棒でもおソノさんの旦那《だんな》さんでもありません。私はアナタをこの世界に呼び出すためにある方に作られた、時空間転送装置、通称、時間泥棒。要するにタイムマシンです」

何も言えない銀時の前で、映画、いや時間泥棒が続ける。

「つまりこの世界は、アナタが先ほどまでいた世界の五年後の世界。いずれアナタが……世界がたどる、すべてが終わった未来の姿です」

「ここが……五年後の世界……」

呻《うめ》くように呟いた銀時の脳裏に、ここまでに見た光景が蘇る。

自分自身の墓、そして荒廃した町並み、白髪頭でうずくまる人々――

「すべてが終わった俺たちの……未来」

「驚きになられるのも無理はありません。自分が亡《な》くなられている未来を目の当《まあ》たりにしてしまったのですから。でもアナタだけではありません。この通り世界はすっかり荒廃し、今や見る影もありません」

陰々《いんいん》とした時間泥棒の声が続く。

「この星の総人口の三割は死《し》に絶《た》え、四割は別の星へ移り住み、今やこの地球は完全に捨てられた星になってしまいました。あの方は、この無残な世界を変えるために、アナタをこの世界に呼び出したのです」

わからない。話が皆目《かいもく》見えてこない。銀時はいらついて時間泥棒の胸倉《むなぐら》を摑《つか》んだ。

「おい、あの方って誰だよ。俺達の世界に、いったい何が起こったっていうんだよ！」

だが時間泥棒は答えない。

「おい、何とか言えって――」

銀時がさらに激しく時間泥棒の体を揺さぶった時だった。時間泥棒の頭部のカメラが外《はず》れ、地面に落ちてしまった。

「あ！」

蒼《あお》ざめる銀時の見ている前で、カメラは十メートルほど向こうまで転がり、しかも運悪くそこへバイクが通りかかった。バイクに轢《ひ》かれ、ぐしゃりとカメラは潰《つぶ》れてしまう。

「え……？」

銀時があっけにとられていると、時間泥棒の胴体部分から声がした。

「どうやら私の役目は……これまでのようです」

「これまでって……ええええええ!?　ちょっと待てェェェ！」

銀時は、胴体部分――首の断面に食ってかかる。

「いや、役目って何!?　今んとこ人を勝手にこんな所連れてきて、勝手に壊れただけだけど！　いやがらせしかしてないけど！」

「道案内は……しました。あとは……銀時様……アナタ次第《しだい》です」

「俺次第って、ほぼ丸投げじゃねえか！　ステーキ食いに行ったら牛一頭出てきたみたいな状況だよ！　未来を変えるっていったいどうすりゃいいんだ！　つーかお前が壊れたら俺どうやって元の時代に帰るんだ！　オイ、ポンコツぅ！」

「コレを額《ひたい》に……」

と、時間泥棒が何やら差し出してきた。その手、人さし指の先にハナクソほどの大きさの黒い球状の物体がついている。

「これは？」

「アナタは本来この時代に存在してはならない異物《いぶつ》。この時代の者と接触すれば世界に何が起こるかわかりません。このハナク……装置を額につけておけば、アナタと認識されることはありません。まったくの別人になれます」

「今ハナクソって言わなかった？　ハナクソって言ったよね？」

「くれぐれも周囲の人に自分の素性《すじよう》を知られては、いけませんよ」

銀時の声に対して、時間泥棒の声はしかし、だんだん力を失っていく。

「まずは……源外《げんがい》様を……お捜《さが》しください。力になってくれるハズ……」

「オイ待て！　俺をこんな時代に一人置いていくつもりか！」

「銀時様、アナタは一人じゃありませんよ。確かに世界は変わり果ててしまったけれども……。どんなに世界が……時代が変わろうと、変わらぬものも……ある」

時間泥棒の声がいよいよか細くなっていく。

「きっとその手で、未来を……」

そこまでだった。途切れた声は復活することなく、時間泥棒の体から完全に力が抜けた。

「オイッ、しっかりしろ！　オイッ！　オイィィィ！」

銀時は激しく揺さぶった。が、時間泥棒はもう微動だにしなかった。

「さ……最悪だ」

銀時は時間泥棒の体を横たえると、頭を抱《かか》えた。

「どーすんだコレェェェ！　こんな未来にほっぽり出されていったいどうしろってんだ！　時代は変わっても変わらないものがあるっつったって――」

そのときだった。

「オイオイ兄ちゃん、道の真ん中で何やってんの？」

突然、声が差しこまれ、銀時は顔を上げた。

と、いつの間にか、バイクの集団に遠巻きにされていた。

声をかけてきたのは、マスクを着けたモヒカン頭、いかにもザコ悪役といった風体《ふうてい》の男である。さっき時間泥棒の頭を轢いた奴《やつ》だ。引き連れている仲間たちも、皆そいつと似たようなビジュアルだった。

「あの変なカメラ、兄ちゃんのだろう？　おかげで俺の自慢の愛馬のボディに傷がついちまったよ。修理費として有り金全部置いてってくれる？」

銀時は呆然《ぼうぜん》とした。

――おいおい、なんなのコレ、モブですら別のアニメのモブに豹変《ひょうへん》してんだけど！　『北斗《ほくと》の銀《ぎん》』みたいになっちゃってんだけど!?

「あの、すいませんでした。勘弁《かんべん》してください。俺今混乱しててそれどころじゃ」

言った銀時の顔を見て、チンピラの一人が「んー？」と訝《いぶか》しげな声を上げる。

「おいアニキ、こいつマスクしてねーぜ」

言われたアニキとやらも、

「うわ、正気《しようき》かよ。江戸《えど》をマスクなしでうろつくなんざ、小倉《おぐら》さんが台風に飛びこむようなもんだぞ」

するとまた別のチンピラが、

「ひょっとしてコイツ、白詛《びやくそ》知らねぇんじゃねえのか」

「え？　ハクソ？」

聞き慣れない言葉に、銀時は首をかしげた。

「ハクソって……あっ、オタクらブサイクな面《つら》隠してんのかと思ったら、歯ぁ磨き忘れてたんすか？」

合点《がてん》がいって、銀時がポンと手を打つと、

「歯糞《はくそ》じゃねえ！　白詛だ！　なめてんのか！」

アニキがブチ切れた。そのあと、チンピラたちは顔を見合わせて言った。

「マジかよコイツ。白詛も広まってねぇ、ど田舎《いなか》からのおのぼりさんらしーぜ」

「道理でアホ面《づら》でうろついてるはずだ。――オイ、ついでに着てるモンも全部置いてきな。マスクがねーなら裸《はだか》でも同じだろ」

ハクソが何かは依然《いぜん》不明だが、いずれにせよこのチンピラたちは銀時をこのまま解放してくれる気はないようだ。

チッと舌打ちすると、銀時は木刀《ぼくとう》に手を伸ばした。そこへ後ろから声がした。

「やめておけ」

声はチンピラたちのものではなかった。

振り返ると、一人の男が歩《あゆ》み寄《よ》ってくる。笠《かさ》をかぶり、革《かわ》のコートを着た男だった。

その男が続けた。

「こんな星に物見遊山《ものみゆさん》に来るとは、よっぽど度胸があるのか、よっぽどのうつけ者か。死にたくなければ帰れ」

新《あら》たな男の登場に、チンピラたちが身構《みがま》えた。

笠の男が続ける。

「田舎者だろうがゴロツキだろうが、これ以上この町を汚《けが》すことは俺が許さん。もっとも、白詛がマスクなんぞで防げるなどという迷信に踊らされているようでは、どちらが田舎者かしれたもんじゃないがな」

「なんだとてめえェェ!」

アニキが怒鳴《どな》り、

「ナメた口きいてんじゃねーぞ！」

別の奴も声を荒《あら》らげた。

笠の男はしかし、臆《おく》した様子もなく、チンピラたちに向かって歩いていく。銀時を追い越しざま、

「早く行け。ここは俺が引き受ける」

と、告《つ》げる。

「ナメやがって……」

いまいましそうにアニキが吐《は》き捨《す》てた。そして、手にした刃物を振り、

「あのコートの反抗期もまとめてやっちまえェェェ！」

その指示に、「うおおおお！」チンピラたちが一斉《いっせい》に笠の男に殺到《さっとう》していった。

が、男は冷静だった。その男の腰を見て、銀時はぎょっとした。

「あの木刀……」

笠の男が腰に差しているのは、洞爺湖《とうやこ》、と記《しる》された、銀時にはなじみ深い木刀だった。

――こいつ、誰？

――なんでこいつが、この木刀を？

わからない。がしかし、今それを尋《たず》ねるわけにはいかなかった。

笠の男は木刀を素早く抜くと、襲《おそ》いかかってきたチンピラたちに向けて一閃《いっせん》、さらに一閃。無駄《むだ》のない木刀さばきで、あっという間に数人をのしてしまった。

「なんだコイツ……バカ強《つえ》ぇ！」

アニキがうろたえた声を出す。と、別の奴が何かに気づいた。

「ん、ちょっと待て、お前……その木刀……そしてその眼鏡《めがね》は！」

木刀を提《さ》げた男が、笠の紐《ひも》に手をやった。

チンピラが、いや銀時もだ、固唾《かたず》を飲んで見つめる中、男は笠をとり、宙に放った。

笠の下から現れた顔は、眼鏡をかけた精悍《せいかん》な男。

「ギャーギャーギャーギャーやかましいんだよ。発情期か貴様ら」

その男が、眼鏡を指で押し上げて言った。

「よ――万事屋《よろずや》だァァァ！　万事屋新八《しんぱ》っさんだァァァ！」

チンピラたちが叫んだ。いっぽう銀時のリアクションは、無、だった。

「………………」

ノーリアクションというのではなく、衝撃《しょうげき》がでかすぎて、声を上げることすらできなかったのだ。

「あれが最近巷《ちまた》のゴロツキ狩りまくってるっつー何でも屋か!?」

勝てるわけねえ、と尻《しり》ごみした仲間に、

「バカ野郎、びびってる場合か！　一人に怖気《おじけ》づいてんじゃねえ！　全員でフクロにしちまえェェ！」

チンピラのアニキが発破《はっぱ》をかける。そのタイミングで、ようやく銀時も思考能力を取り戻した。で、まず思ったのが、

――よ……

――万事屋新八《しんぱち》さんって、誰ェェェェ！

ということだった。

――ひょっとしてあれですか？　俺の知ってる、人、間、を、か、け、た、眼、鏡、が五年でああなっちゃうと？

銀時は内心に呟きつつ、チンピラたちと交戦中の眼鏡男をあらためて見つめたが……、

――いやいやいやいやいやいや！　知らねぇ！　あんなキャラ知らねえ！　あんな青学《せいがく》の柱《はしら》知らねーよ俺は！

銀時の知るダメガネのツッコミ少年が、こんな男前で、流麗《りゅうれい》なアクションなんぞできるはずがない。

爆発音と爆風が起こったのはそのときだった。チンピラたちが悲鳴を上げて吹っ飛ぶ。

「なんだあああ!?」

泡を喰《く》ったアニキの声に、

「雑魚《ざこ》相手に何モタついてるのよ」

クールな女の声が続いた。

声は上のほうからだ。全員がすぐそばの廃ビルの屋上を見上げた。

そこに女が一人いた。逆光のせいで顔はかげになり、わからない。女は傘《かさ》を担《かつ》ぎ、巨大な動物にまたがっていた。

「その程度で万事屋を名乗るなんて百年早いんじゃないの」

女は言うや否《いな》や、またがっていた動物――巨大な犬から下りると、手にした傘を開いて、ビルの屋上から飛び降りた。

まったく危なげなく、女は着地する。その背後に、巨大な犬も着地する。

チンピラの一人が声を上ずらせた。

「あの巨大な傘……巨大な犬……」

チッという舌打ちは万事屋新八だった。うるさいのがまた増《ふ》えた、と小声で言う。

「ぐ……ぐらさん……万事屋ぐらさんと定春《さだはる》だあああ!」

チンピラの声と同時に、女は傘の角度をずらした。と、そこにはオレンジ色の髪の、色っぽいおねーさんがいた。

「万事屋ぐらさんって、女だてらに最近江戸で暴れ回ってる何でも屋かぁ？」

別のチンピラも叫ぶ。その少し離れたところで、銀時は再びの驚愕《きょうがく》でフリーズしていた。

――ぐ……

――ぐらさんんんん？　え、ちょっと待ってェェ！　俺の知ってる、人間をかけてるグラサン《長谷川さん》が五年でコレェェェ？

心で叫んだ瞬間、銀時は万事屋ぐらさんの蹴《け》りを顔面に浴びた。

「ごふうっ！」

「来て早々、何やってんだ」

万事屋新八が、ぐらさんに冷《さ》めた声で言う。

「いや、なんか、こいつに腹ん中でコケにされた気がしたから……」

――や、ちょ……

鼻血を流しながら、銀時は思う。

――ちょっと待て、ええっ、ひょっとしてアレですか!?

――俺の知ってる、食い気だけでまったく色気のねぇ、「フライドチキンの皮よこせよコルァ」とか言ってた、あの声優ムダ使いゲロインが……!?

——五年たったら……こういう感じになるってか！

こういう感じ——ロング丈《たけ》のチャイナ服、その深いスリットから艶《なま》めかしい脚《あし》を覗《のぞ》かせた神楽《かぐら》が、銀時に向かって言った。

「言っとくけど……私は別にアンタら助けに来たわけじゃないから」

セクシーな声音《こわね》と口調である。

——ま……

——前やったァァァア！

銀時は内心でシャウト。

——コレ以前「二年後編」やったよね！　二年後ジャボンティ諸島であったよね！　そん時もこんなんなってなかったっけかァァ！

セクシーな神楽が言う。

「たまたま酢昆布《すこんぶ》買いに通りかかっただけだから、勘違《かんちが》いしないでよね」

——声優を使いこなしてるゥゥゥ！　立派なツンデレキャラになってるゥゥゥ！　って、小説版で声優もクソもねーけど！

——つーか、知らねえェ！　あんな白服のボンキュッボン、俺は知らねェェェ！

事態についていけない銀時の前で、チンピラたちも慌《あわ》てふためいている。

「く、くそぉ！　江戸を騒がす何でも屋の二人が、なんでこんなところにィィ!?」

「ダメだアニキ！　こいつら化け物だ！」

新八と神楽に歯が立たないと見たチンピラたちは、

「引けぇ！　ここはいったん引けぇ！」

バイクで走り去りながら、覚えてろテメーら、などとベタな捨《す》て台詞《ぜりふ》を吐く連中を見ながら、新八と神楽は静かに佇《たたず》んでいる。

――マジなのか、この二人が……

――たった五年で、こんなに強く逞《たくま》しく成長してるだなんて……。

――なにコレ、銀さんタジタジじゃねーか！　正直食われちゃってるじゃねーか！

――アイツら俺のいねー間に何勝手にデビューしちゃってんの!?　何デビュー、コレ？

銀さん死んだデビューですかコノヤロー！

チンピラを撃退してくれたことを感謝する以前に、銀時は内心のつっこみが止まらない。

そんな銀時にはかまわず、ニュー新八とニュー神楽が会話する。

「まさかアンタがまだ懲《こ》りずに万事屋やってたとはね、新八」

「そっちこそ、ままごと遊びはもう飽《あ》きてる頃だと思っていたが」

「はぁ？　ごっこ遊びしてんのはアンタのほうでしょ」

ぎろりと睨《にら》む神楽に、しかし新八は冷然と言い返す。

「悪いが、俺の邪魔《じゃま》をするな。江戸に万事屋は二つもいらん」

「ふん。一緒にしないでもらえる？　ウチはあんたみたいな軟弱な万事屋と違うんだから」

新八の眉《まゆ》がピクリと動く。

「聞き捨てならないな。俺の万事屋のどこが軟弱なんだ」

「なんなら今証明してあげるけど」

「面白《おもしろ》い。どちらが万事屋の看板を背負《せお》うにふさわしいか今日こそ決着を……」

睨み合う両者の視線が、衝突し火花を起こした。そこへ銀時が割って入る。

「ままままま！　なんかよくわかんないけど落ち着こうか二人とも！　ケンカはよそう！　万事屋二軒でもいいいんじゃない？　な●卯もす●家も両方好きだから俺。……つーか君たち、ほんとに新八君と神楽ちゃん？」

だがおずおずと尋ねた銀時に、神楽の声は冷たかった。

「何このなれなれしいオッサン、オデコにハナクソついてんだけど」

「はあ？　オッサンって誰にぬかしてんだアバズレ！」

銀時はキレる。

「たく、一人で大きくなったような顔しやがって、乳もんだろか!? 勘違いしないでよね、これはハナクソじゃなくてホクロなんだからね」

「は? 勘違いしないでくれる? 私はホクロのこと言ってんじゃなくて、その横についてる物体のこと言ってんだけど」

言われておでこを触《さわ》ってみると、ホクロ風《ふう》の装置の横に本当にハナクソがついていた。

「ホントに勘違いだった……」

赤面する銀時を横目に、神楽が続ける。

「つーかなんでこの人銀ちゃんのコスプレなんかしてんの?」

「俺達のことを知っているのも解《げ》せんな」

新八も目に警戒の色を浮かべる。

そこで銀時ははっとした。時間泥棒の言葉を思い出したのだ。

――くれぐれも自分の素性を知られてはいけませんよ。

「貴様、何者だ?」

新八が一歩詰《つ》め寄《よ》ってきた。

銀時は唾《つば》を飲んだ。俺だよ俺、万事屋の銀さんだよ、とはまさか言えない。

「あ、あのー、実は俺、昔銀さんにえらく世話になった者でね。彼とは義兄弟の契《ちぎ》りを交《か》わした仲なんだ」

「義兄弟？」

新八が目を細めた。

「ああ。この着物もその時譲《ゆず》ってもらった物で、ああ、君たちの話も詳《くわ》しく聞いてるよ」

「こっちは聞いたことないけど、義兄弟なんて」

と言うのは神楽だ。

「で」

と、新八が聞いた。

「あんた、名前は？」

う、と一瞬言葉に詰まる銀時だったが、なんとかひねり出した。

＊

「チンさん？」

と、声を高くしたのは、カウンターの向こうで煙管《きせる》を手にしたお登勢《とせ》だった。

スナック「お登勢」に、三人は場所を移していた。

カウンター席についた銀時《ぎんとき》は、目を泳がせながら続けた。

「はい、珍宝《ちんぽう》です。チン●のチンに、チン●のポで、珍宝です」

「いやそれ、ただのチン●じゃないのかい？　なんか髪型といい顔から首にかけてのフォルムといい」

お登勢が卑猥《ひわい》なものでも見るような目つきで言う。

まったくの別人として認識される、と時間泥棒は言っていたが、お登勢のこの感じ、となんでもないものに見られているのかもしれない。銀時は思ったが、しかしどう見られようと、ホクロ装置は外《はず》せないのだ。

「それにしても、アイツに義兄弟がいたなんて初耳だね」

お登勢が続けた。

「……で、その兄弟がアイツの死を聞きつけて、はるばる江戸《えど》まで墓参りに来たってのかい」

「ええ、ゴロツキにからまれてるところを、偶然新八《しんぱち》さんとぐらさんに助けてもらいまして」

言って、銀時は視線を左右に振った。銀時を挟《はさ》んで、カウンターの端《はし》と端に、新八と神楽《かぐら》がいる。二人は互いに目を合わせようともしない。

「あの二人にね」

QUEEN
鬼嫁
鬼嫁

お登勢は煙を吐《は》くと、新八と神楽に、

「なんだいアンタら。いつ万事屋《よろずや》再結成したんだい」

と軽口を叩《たた》く。

「笑えない冗談はやめてくれ、お登勢さん。女子供と手を組むつもりはない。俺は銀さんほど寛容じゃないんでね」

新八が言うと、すぐに神楽も応戦する。

「私だって、足を引っ張られるのは御免だしね。こっちは遊びでやってるわけじゃないから」

険悪なムードをむんむん漂わせている二人を横目に、

「……あの二人、ケンカ中なの？　前は銀さんと彼ら二人で万事屋やってたって聞いてたけど……」

銀時はお登勢に顔をよせて、ヒソヒソ声で尋《たず》ねる。

「ふん、万事屋なんてとうの昔に解散しちまったよ。銀時が死んじまった時にね」

「解散……」

「ああ。アイツがいなくなって、地球もこんなことになっちまってさ、これから万事屋をどうしていくかってなった時に、いろいろモメたらしくてね。ま、今じゃあの通りバラバラに、万事屋FUMIYAと、万事屋TAKAMOKU営《いとな》んでる始末さ」

「いや、大丈夫なのそれ!? 万事屋暴露本《ばくろぼん》とか出してないよねそれ!」

「要するに後継者争《こうけいしゃ》いってやつさ」

お登勢が煙を吹き上げる。

「銀時の代わりに江戸を護《まも》るのはどっちかっつってさ」

「あのー……」

と、銀時はここで顔をひきつらせる。

「銀さん、江戸なんか護ってましたっけ?」

そんなつもりじゃ、あんまなかったんですけど俺……と、これは心の中で続ける。

お登勢が言う。

「なんだか知らないけど、あのバカの意志を引《ひ》き継《つ》ぐのは自分だって、二人とも譲《ゆず》らなくてさ。ああして、野郎の遺品持って、野郎の真似事《まねごと》してんのさ」

「遺品……」

呟《つぶや》いて、銀時は新八の腰にある木刀《ぼくとう》と、神楽のチャイナドレスの裾《すそ》を見やる。ドレスの裾の柄《がら》は、銀時の着物と同じものだった。

「たく、目的は一緒なんだから仲よくやりゃいいのに、意地っぱりなとこまで野郎に似ちまってさ」

いや、いやいや、と銀時は内心で呆《あき》れる。

——万事屋の跡継《あとつ》ぎ?

——そんなもん、モメる価値もねーっつーの!

しゃあねえ、とばかりに席を立ち、銀時は一升瓶《いっしょうびん》を手に、新八に近づいていった。ここは「先代」自《みずか》らが火消しをつとめようと思ったのだ。

「あのう、新八さんさ、よくわかんないけど、ケンカはよくないよ」

言いながら、新八にお酌《しゃく》する。

「銀さんの跡を継ぐったって、そんなもん借金くらいしか引き継げないよ。そんなことより銀さんが望んでんのは……」

だが突然新八に胸倉《むなぐら》を摑《つか》まれ、続きを言えなかった。

「引っこんでろ。貴様が銀さんの何を知ってるというんだ」

「し」

——知ってるも何も私が銀さんですが!?

という銀時のサイレントツッコミなど知るよしもなく、新八が続ける。

「俺にはもう仲間なんて必要ない。『あの人』があんなことになってから、俺はもう……

仲間も……ツッコミもお通《つう》ちゃんのCDも捨てたんだ」

――後半ほぼゴミしか捨ててねーけど！　ほとんどお前のアイデンティティ捨てちゃってるけどそれ！

「これからは大江戸《おおえど》マスカッツの時代なんだ」

と言って、新八が取り出したのはエロDVD。パッケージに写っているのは、半裸《はんら》のお通ちゃんだった。タイトルは『寺門通《てらかど》SUTEKIデビュー　お通のマンション☆百万戸《ひゃくまんこ》☆』――「本番3●《ピー》なんぼのもんじゃぃぃー」

――ってオイ、『あの人』って、俺のことじゃなくて寺門通のことだったんかい！　シリアストーンで、なにほざいてくれてんだコイツは！

「フン、一人で悲劇のヒーローぶってんじゃないわよ」

頬杖《ほおづえ》をついた神楽がアンニュイな口調で続ける。

「私だって、この五年で語尾のアルとかボビー的な日本語の聞き間違いボケとか全部使えなくなっちゃったんだから。さすがに五年も江戸に住んでて引っ張るのは無理があるもんね」

――いや、お前にいたってはただの外タレの愚痴《ぐち》じゃねーか！　一番いろんなもん失ったの、お通ちゃんなんだけどォォォ!?

「や、おたくら、あのね……」

やんわり諭《さと》そうとした銀時だったが、

「やめときな珍さん」

お登勢の声に制される。

「この五年でいろいろあったからね。皆いろいろ変わったってことさ」

「そうそう。いろいろ変わったのさ」

その声は、離れたボックス席からだった。老《お》いた感じの、男の声だ。

その声が続ける。

「今まではサザエさん方式でちっとも年が進まなかったのに、ここに来てイキナリ五年もたっちまうんだもの、そりゃ新八君も神楽ちゃんも大人《おとな》になるよ。ま、でも、変われるってのは良くも悪くも若い連中の特権だよ。人間、年を重《かさ》ねるほど変われなくなる。何かを積み重ねるほど、それを崩《くず》して新しい一歩を踏み出す勇気を失っていく……」

銀時はボックス席に近寄り、覗《のぞ》きこんだ。手酌《てじゃく》で酒を飲んでいる老人がいる。

「二人に比《くら》べてこの俺は、五年前から何も成長してねーものな」

とブツクサ言っているこの老人は——長谷川《はせがわ》だった。

——いや、アンタが一番成長してますけど!?

長谷川じーさんの手はぶるぶる震えて、テーブルに酒がびしゃびしゃとこぼれている。

「こんなんじゃ、あの世の銀さんに笑われちまうな」

——笑えねーよ！　五年間でアンタにいったい何があったんだよ！

「まあ、でもこれはこれで、五年間老《ふ》けてねーみたいで、ちょっぴり嬉《うれ》しかったりして、テヘヘ」

——老け倒してるよ！　精神と時の部屋で五十年分の辛酸《しんさん》でもなめてきたのかテメーは!?

「あらあら、長谷川のおじいちゃん、お酒がこぼれてますよ。ちょっとキャサリン」

見かねて、お登勢がキャサリンを呼んだ。

布巾《ふきん》をもってきたキャサリンに、長谷川が言う。

「まあでもアレだな。老化は男より女のほうが顕著《けんちょ》に出るな、キャサリン。お前もこの五年でだいぶ老けたもんなー。やっぱ女は化粧とかするから、肌《はだ》とか老化しやすいのかね」

「ッタク長谷川サン、アナタハレディニソンナコトバッカ言ッテルカラモテナインデスヨ」

長谷川にそう返しながら、濡《ぬ》れたテーブルを拭《ふ》くキャサリンは、顔の下半分が剛毛《ごうもう》で覆《おお》われていた。

——いや、髭《ひげ》の量と生《は》えてる場所！　レディがどっかにレディゴーしてんじゃねーか！

「ソンナンジャアノ世ニイル坂田《さかた》サンニ笑ワレマスヨ長谷川サン」

——お前のほうが笑い者だよ！　いったいどんな五年過ごしたらそんなことになるんだよ。

「ソレニ、私ノ場合、老ケタトイウワケデハナクテ、基本猫科デスカラ、年ヲ重ネルトヒゲガ伸《の》ビルンデス」

——だからなんでオッサンのヒゲ!?

——つーか、何だよコレ。なんで一番どーでもいいオッサンとオバサンが一番変化してんだよ！

　すると、そこに別の声が、

「私から見れば、皆さんこの五年で立派に成長していますよ」

　現れたのはたまだった。その姿を見て、銀時は目を剝《む》く。

　たまは、下半身がキャタピラのついた戦車になっている。要するに、●ンタ●クになっていたのだ。

「私はいまだに後ろばかり振り向いて、前を向いて歩くどころか、自分の両足で立つこともできずにいる……機械《からくり》だというのにおかしいですよね？」

──おかしいよ！　なんかもういろいろおかしいよ！

「でも、歩くことはできないけど、こっちのほうが早いんで別にいいですけどね。コアブロックは分離もできますし、上半身だけでも砲台として戦えますから。きっと銀時様もあの世で笑ってくれてますよね」

「笑ッテル、笑ッテル」

キャサリンが言い、

「大爆笑だよ大爆笑」

お登勢も言った。

銀時も心の中で笑っていた。

──おかしいよホント、おかしいよコイツら！

笑わないとやっていられない。理性を保《たも》とうと踏ん張っても、この何もかもおかしくなってしまった世界では、それもままならないのだ。ならば、笑うしかない。

「しょうがない奴《やつ》らだろ」

お登勢がこちらを向いて言った。

「でもね、こんな荒《すさ》んじまった世の中で、それでも昔と変わらずこうして笑っていられるのは……銀時の仲間が、変わらずこうやってバカやってくれてるおかげさ」

お登勢の目をよぎった、寂《さび》しげな色に、銀時は一瞬真顔《まがお》になった。

「生きてる間はバカばっかやってた奴だけど、アイツらを残してくれてったことだけは感謝しなきゃね、あの銀時に」

*

デスクの表面を指で撫《な》でると、埃《ほこり》がついた。そのほかの家具はなく、室内はがらんとしていた。

住人のいなくなった、万事屋《よろずや》の事務所だった。入るときに見たが、看板は外《はず》され、玄関脇《わき》に立てかけられていた。

「聞きてーことがある」

銀時《ぎんとき》は言った。背後の壁に寄りかかった神楽《かぐら》に向けた言葉だった。

「白詛《びやくそ》って、いったい何だ？　いったい江戸《えど》に何があった」

「白詛は、五年前、すべてを変えてしまった元凶《げんきよう》」

銀時のほうを見ず、神楽は言葉を重《かさ》ねていく。

「江戸を中心にして突如《とつじよ》世界中に爆発的に広まった……殺人ウイルス」

「ウイルス……」

万事屋銀ちゃん

「感染者は半月を待たずに確実に死に至《いた》る。対処法は一切《いっさい》なし、発生源も感染経路も不明。病院には患者が溢《あふ》れかえり、未知の死病に医師はパニックになった。全身の毛髪から色素が抜け落ちる──その症状から、白い詛《のろ》い、白詛と恐れられる謎のウイルス」

白詛。とらえどころのなかった、ただ響《ひび》きだけは禍々《まがまが》しいその言葉が、今はもう、具体的なイメージとなって、銀時の脳裏《のうり》に広がっていた。

神楽の声が続いた。

「唯一《ゆいいつ》白詛から助かる術《すべ》は、逃げることだけ。だから金のある奴《やつ》は皆この地球を捨てていった。その結果、残ったのは、行くあてのない貧しい連中と、これを機に政府を崩壊《ほうかい》させようとする攘夷志士《じょういしし》や、法のゆるみを利用するゴロツキども。あとは──」

そこで神楽はふっと笑った。

「あとは、ケツまくって逃げんのが性《しょう》に合わない頑固者《がんこもの》たちだけってワケ」

「国は」

と銀時は言った。

「政府はどーしてんだよ？」

神楽はかぶりを振った。

「今じゃ形だけの暫定《ざんてい》政府はボロボロ、治安《ちあん》は悪化する一方。かつての繁栄の象徴、ターミナルもあの通りよ」

言って、神楽は玄関のほうに視線を向けた。

開《あ》いた玄関の向こう、遠くに見える、先端部分がぽっきりと折れたターミナルが。

――こうなったのが五年前……。

――てことは、俺がいた世界に、もうすぐ同じことが……？

信じられない。だが、現実に起きたのだ。起きたから、今世界がこうなっているのだ。

「何もかもすっかり変わってしまった」

神楽が言った。

「あんなことがなけりゃ、今頃銀ちゃんもそこでアホ面《づら》ぶら下げてハナクソほじってたかもしれないわね」

アホ面は余計だろ、と言いかけて、銀時ははっとした。あんなこと？

「おい、あんなことってな、どーいうことだ？　まさか俺、いや銀さんも白詛にやられ――」

「銀ちゃんがウイルスなんかにやられるタマなわけないでしょ」

神楽が即座に否定する。

「じゃあ、なんだ」

「銀ちゃんは白詛が広まる前に私たちの前から姿を消していたのよ。でも、私たちは心配してなかった。──またどこぞで飲み歩いてんだろ、そのうちブラリと帰ってくんだろうって、その時は思ってた。──このメモ帳見つけるまではね」

言って、神楽はメモ帳を開いて、差し出した。そこには、一言《ひとこと》こう書かれていた。

『ナノマシンウイルス』

「…………？」

「銀ちゃんは白詛が広まる前にその存在を知ってた。そしてそれが自然発生したウイルスではなく、ナノマシンウイルスであることも」

「そいつはつまり……」

そう、と神楽は頷《うなず》く。

「つまり白詛は人為《じんい》的に作られたウイルス。それがどういう意味かわかる？──この世界は、何者かの意志によって破壊されたってことよ」

最後の一言に、神楽の怒《いか》りが滲《にじ》んでいた。

「銀ちゃんは、どこからかその情報をいち早く手に入れていた。そしておそらくそれを阻《そ》止《し》しようと一人で動いていた。多分……私たちを巻きこむまいとね」

「じゃあ、まさか、銀さんは……」

「今の世界の状態を見れば、銀ちゃんがどうなったかは明らかでしょ」

神楽は険《けわ》しい表情で続けた。

「ナノマシンウイルスというメモを残した銀ちゃんは、黒幕にあと一歩のところまで迫《せま》っていた。けど、その途中で……その途中で……道に生《は》えてた毒キノコを食べて、それで、帰らぬ人に」

神楽が言葉を切り、沈黙が生まれた。

やがて、銀時は叫んだ。

「白詛関係ねーじゃんんん！」

＊

すさまじい脱力感だった。

「毒キノコどっから生《は》えてきたァァ！　今までのくだりまるで関係ねーじゃん！」

叫ぶ銀時《ぎんとき》に、神楽《かぐら》は新《あら》たなメモを見せる。

「メモはこれを最後に終わってたわ」

そこにはこう書いてあった。

『キノコ食ったらハラ超いてー』

「何このメモ！ いる？ このメモ。書く必要あった？ このメモ」

「おそらく飲まず食わずで敵を追っていたから、つい空腹でキノコを……」

「それどんな死に方ァァァ!? 主人公の死に方じゃないよそれぇ！ マリオだってそんな死に方しねーよ！」

「勘違《かんちが》いしないでよね。ルイージの死に方だよそれェェ！」

「勘違いしないでよね。別にそれで死んだワケじゃないんだから。そのあとコンビニのトイレに行ったきり戻ってこなかったって……このメモ帳届けてくれたコンビニの店長が言ってたんだからね」

「どっちもロクなもんじゃねーよ！ あと、『勘違いしないでよね』の使い方おかしいだろ！」

つっこみまくったあとで銀時ははたと気づく。

「ん？ ちょっと待て、じゃあ何だ？ 便所から帰ってきてないだけでもしかしたら銀さんは生きてるかもしんねーんだな」

だが神楽の返答は、

「さあね。五年もトイレから戻らん人間を生きてると言っていいのか……死んでいるのか便所に流されたのか、はたまたメチャクチャ長いウンコをしているのか……まあ、そんな長いウンコしてたらどっちみち死んでんだろうけど」

「いや、どのケースもカッコ悪いんだけど！　ふいてもふいてもウンコとれないんだけど！」

その時、玄関から声がした。

「白詛《びゃくそ》の話はもういいだろ」

新八《しんぱち》だった。傍《かたわ》らには定春《さだはる》もいる。

「そんな話をしても、もう時は還《かえ》らない。どんなに願っても、あの人はもう帰ってこない」

新八は力強い声で続けた。

「心配しなくても、あの人のやり残した最後の仕事は、俺が引《ひ》き継《つ》ぐ。——白詛は、必ず俺が叩《たた》き潰《つぶ》す」

貴様も、とそこで新八は銀時に顔を向けた。

「ここが危険なことは十分わかったはずだ。墓参りが終わったら、さっさと消えることだな」

そう言うと踵《きびす》を返し、新八は出ていこうとする。

「もし……俺なら時を還せると言ったら、どうする？」

銀時のその言葉で、新八の足が止まった。

振り返ったその目は鋭かった。いい加減なことを言うと許さない、という目だ。

「ふ、そんなこええ面《つら》すんなよ。もしもの話さ」

「貴様の戯言《ざれごと》に付き合ってる暇はない」

新八はまた行こうとした。が、

「俺から言わせりゃ、お前のやってることも立派な戯言さ」

「なんだと」

「銀さんの意志を継ぐだか知らねーが、こんな残骸《ざんがい》の星護《まも》って、いったいどうなるってんだ。もう何も還らない。そうわかっているなら、なんでこの星だけを捨てられずにいる？」

「何も還らないなんて、いったい誰が言ったのよ？」

神楽が近くに立った。

「確かに時は還らないわ。失ったものは、もう還らない。でも……銀ちゃんは、きっと帰ってくる」

神楽の表情には、どこか悲痛な色があった。

「銀ちゃんは、きっと帰ってくるわ。バカ面ぶら下げて、千鳥足《ちどりあし》でゲロ吐《は》き散《ち》らしながら、きっと帰ってくる。その時、この星に誰も人がいなくなってたら、玄関で酔いつぶれたバカに、いったい誰が毛布かけるのよ」

「残骸でも、捨てられた星でも」

と新八も言う。

「ここは俺たちがあの人と出会った星だ。たとえここから人っこ一人いなくなろうと、俺は……万事屋《よろずや》の故郷《ふるさと》を護る。何を失おうとも、俺は万事屋であることを、捨てるつもりはない」

銀時は静かに微笑《ほほえ》んだ。

「……そうか、そいつを聞いて安心した」

その言葉に、新八と神楽が眉根《まゆね》を寄せた。

銀時は続けた。

「頼まれごとは何でもやんのが万事屋だ。だったら当然、俺の依頼も聞いてくれるよな」

「アンタの?」

「依頼?」

「ああ。――俺ともう一度、万事屋再結成してもらえるか?」

一瞬の沈黙があって、神楽と新八が同時に声を上げた。

「はあああああ?」

「何ワケわかんないこと言ってんのアンタ。なんでアンタみたいなのと手ェ組まなきゃいけないのよ！」

「寝言は寝て言え」

だが、銀時はかまわず続けた。

「銀さんのやり残した仕事をやり遂《と》げたいんだろ。俺なら力になれるって言ってんのさ。だからお前らも俺に力貸せ」

「アンタなら力になれるって、なにを根拠《こんきょ》に言ってんだ……？」

「実はここに来たとき、相棒がブッ壊れてな。ソイツを直すためにも源外《げんがい》のじーさんに会わなきゃならねえ」

相棒——時間泥棒のことだ。今はお登勢《とせ》の店に置いてあった。

「それが、いったい銀さんのやり残した仕事と何の関係が？」

新八が聞く。

銀時はかぶりを振った。

「さあな。そいつは今んとこ俺にもわからねえ」

「ふざけるな！」

新八が鋭い声を出した。

「そんなバカげたことに俺たちが付き合うとでも思って――」

「付き合うさ」

銀時は新八の声を封じて言った。

「だってお前ら、万事屋だもんな」

そう言ってにやりとした銀時に、定春が静かに歩《あゆ》み寄《よ》った。その頭に手を置く。

いろんなものが変わってしまった世界で、定春の毛の感触は以前と変わっていなかった。

「なんで定春が……」

神楽が呟《つぶや》くのが聞こえた。

*

「どうかしてる。本当にあんな男と組むつもりか?」

新八《しんぱち》は隣を歩く神楽《かぐら》に言った。おでこにホクロのある「珍《ちん》さん」とかいう、外見はほとんどチン●そのものの男は、今二人の後ろを歩きながら、定春《さだはる》にガウガウと襲《おそ》われている。

「仕方ないじゃないのよ。定春があの調子なんだから」

神楽が言って、ちらりと後ろを見る。

正体不明の男に定春がなついたのには、新八も驚いた。定春が警戒心を解《と》くということは、少なくともあの男が新八たちに害意は持っていないということだろうが……。

「大体、文句があるならついてこなきゃいいでしょ」

神楽が続けた。

「しょせんアンタの万事屋《よろずや》はその程度よね。中二臭《くさ》いゴタク並べるだけで汚れ仕事やる根性もないいんだから」

「なんだと、誰が中二——」

と、言い返そうとして、慌《あわ》ててその声を呑《の》みこむ。

「——おっと危ない。その手はくわんぞ。挑発すれば俺のツッコミが再び拝めるとでも思ったか」

「誰もアンタのやかましいだけのツッコミなんか聞きたかないわよ」

神楽が鼻を鳴らす。

だけとはなんだ、と言い返そうとしたが、それもまたツッコミになる。新八は代わりにこう言った。

「これ以上、俺の知らぬところで万事屋の名を汚《けが》されては困るからな。手は貸さんが、しかし貴様らが不快な真似《まね》をすれば、その首刎《け》ねることには助力してやる。いいか？　貴様らの背後には、常《つね》に俺の木刀《ぼくとう》がつきつけられていること忘れ——」

声が途切れたのは、定春に踏みつぶされたからだ。

新八を踏んづけた定春は、珍さんをくわえて振り回している。

「定春、メッ！　そんな得体《えたい》の知れないオッサン食べたら白詛《びゃくそ》より怖《こわ》い病気になるよ！　股間《こかん》がかゆくなるよ！」

言った神楽に、

「人を性病のもとみてーに言うなクソアマ！」

つっこむ珍さんは血まみれである。血まみれのチン●を見ているうちに新八は心配になり、

「しばらくここで待ってろ。薬局に用を思い出した」

「いや、伝染《うつ》らないよ新八《しんぱ》っさん！」

銀時が叫ぶ。

「血液感染も空気感染もしないから！　ってお前そっちの知識も中二のままか！」

「誰が中二――おっと危ない。その手はくわんぞ。挑発すれば俺も性病に巻きこめると思ったか」

「性病に巻きこむって何？」

ワアワア騒ぐ新八と珍さんに、神楽がぼそりと呟《つぶや》いた。

「アンタらが一番万事屋の名、汚《けが》してるっつーの」

*

銀時《ぎんとき》を案内する神楽《かぐら》と新八《しんぱち》は、橋の上で足を止めた。

大きな橋だが、人だかりができて、通り抜けるのもままならない。集まった人たちは皆、橋の下の河原を見ながら、なにやら話していた。

「なんだ、この騒ぎは……」

呟《つぶや》く銀時を導《みちび》くように、神楽と新八は人だかりをかきわけて前へ出る。

河原では、役人が、捕縛《ほばく》した人間をひざまずかせていた。

「こいつぁ……公開処刑場か」

眉《まゆ》をひそめたあと、銀時は神楽に聞いた。

「おい、こんな所に源外《げんがい》のじーさんが来てるっつーのかよ。それとも誰か知り合いでもとっ捕《つか》まったってのか?」

「あそこ」

と、神楽は橋の下を指さす。処刑場を見に来た野次馬は、橋の上だけでなく河原にもおり、人垣ができている。銀時がその人垣の中に源外を探していると、

「そっちじゃない。こっち」

と、神楽は処刑場のほうを指さす。

老人が一人、捕縛され、役人に首を押さえられていた。

——あれは……？

銀時が険《けわ》しい目つきをしたところへ、野次馬の声が流れてきた。

「……あれが将軍の首をとろうとカラクリクーデターを起こしたっていう極悪非道《ごくあくひどう》のマッドサイエンティスト……天下の大罪人《だいざいにん》、平賀《ひらが》源外か。いよいよアイツも最期《さいご》か。これで少しは江戸《えど》も平和になるだろうよ」

処刑場にひざまずく源外を見ながら、

「え……？　ぐらさん、これは……？」

銀時が聞くと、

「源外のじーさんは五年前に逮捕されて、今日が処刑執行《しっこう》の日なのよ」

「えええええ!?　聞いてねーよ！　いったいどーいうことだよソレ!?」

「どーいうことも何も、もうみんな設定忘れてるかもしれないけど、あのじーさんずっと指名手配されてたから」

「あ……」

と銀時も思い出す。

源外が初登場したエピソード――そういえば、祭りの会場にカラクリを持ちこんで、クーデターをもくろんでいた、ような気がする。

「ずっと正体を隠して暮らしてたんだけど、銀ちゃんがいなくなってから飲んだくれることが多くなって、酔っ払ってケンタの前で、カーネルサンダース人形にバズーカ持たせて大量殺戮《さつりく》兵器カーネルサンダーライガーに改造してるとこ、とっ捕まって」

「何その逮捕理由！　何やってんのあのじーさん!?」

橋の上で銀時は吠《ほ》える。

「ちょっと待てよォォ！　あのジジイが俺の頼みの綱《つな》だったんだぞ！　アイツが死んだらタイムマシンはどうなんだ！　俺はいったいどうやって元の時代に……」

「タイムマシン？」

と神楽が訝《いぶか》る。

「い、いや、こっちの話。――てかオイ、なんとか助けらんねーのか、あのじーさん！」

「俺たちが何も手を打っていないとでも思ったか？」

新八が諦念《ていねん》の滲《にじ》む口調で言った。

「なんとかしようと、留置所にも面会に行った。だが、当のじーさんがだんまりだったんだ。あれじゃ助けようもない」

源外は、処刑場の役人にも無言を通しているようだった。

「おい、何か言い残したいことはあるか？」

と、問われても、口を引き結んでいる。

「どーいうつもりだあのクソジジイ……」

銀時は舌打ちする。

「このままじゃ未来を変える唯一《ゆいいつ》の手がかりが……。なんとかあの処刑を止めねーと」

「この警備を力ずくで切り抜けるのは無茶だ。せめてもう少し人数がいれば……」

悔《くや》しそうに言った新八に、

「人数……そうだ！　ヅラは？」

銀時は勢いこんで聞いた。

「アイツまだ攘夷志士《じょういしし》やってんだよな！　幕府《ばくふ》がこんだけ弱ってるんだ。あの無能集団も少しは規模でかくなってんだろ。あいつらに協力をあおげば……」

と、まくしたてる銀時の眼下で、護送車から新《あら》たに連れ出される罪人がいた。

捕縛されたロン毛の男……。

——ん？

と、銀時が気づいたところへ、また野次馬の声が流れてくる。

「あれが極悪非道の過激攘夷志士、天下の大罪人、桂小太郎《かつらこたろう》か。いよいよアイツも最期か。これで江戸も少しは平和になるだろうよ」

——お……。

「お前も捕まったのォォォ!?」

銀時は頭を抱《かか》えた。

「何やってんのアイツぅ! さっきとまったく同じ絵ヅラだよ!」

そこへ、神楽が淡々《たんたん》と言った。

「ヅラは攘夷志士の中でも穏健《おんけん》派で通ってたんだけど、銀ちゃんがいなくなってからすっかり荒れちゃって、過激派に鞍替《くらが》えしたのよ」

「はあ?」

「外見もどっかのテロリストの真似《まね》して」

と神楽が言う通り、顔に包帯を巻いた桂の姿はほとんど高杉晋助《たかすぎしんすけ》のコスプレだった。

「なんか、世界をぶっ潰《つぶ》すとか新八顔負けの中二全開のこと言い出して、カーネルサンダースに煙管《きせる》くわえさせてカーネルサンダー晋助に改造してる途中で、とっ捕まって」

「なにその改造! カーネルサンダー晋助? なんでカーネルばっかメッタ打ち!? どん

だけ小さい世界壊してんの!?」

橋の上で銀時はつっこみまくる。

「くそ、アイツなら何か知ってるかもと思ったのに! 何やってんの!? バカなの? 死ぬの? ヅラァァァア!」

その声が届いたのか、河原にひざまずく桂が、口に筆をくわえ、紙に器用に文字を書き始めた。

「あ、アイツ何か書きだしたぞ! ひょっとして、俺たちに何かを伝えようとしてるんじゃないのか」

銀時は色めきたった。

桂は地面に置いた紙に文字を書き終えると、その紙をくわえて顔を上げた。そこには、

『ヅラじゃない桂だ』

と一言《ひとこと》。

直後、河原に瞬間移動した銀時は、幕府の役人に申し出た。

「すいません、コイツの首、俺に斬《き》らせてください」

その手にはもう斬首《ざんしゅ》用の刀を持っている。

「はぁ? 何だ貴様ぁ!」

役人が驚き怒るのを見て、

「ちょっとアンタ！　何やってんの！」

慌《あわ》てて神楽が銀時を羽交《はが》い締《じ》めにして引きずっていく。

「つるせぇぇぇ！　このバカだけは俺の手で首落とさねーと気がすまねぇ！」

「落ち着け、見苦しい。諦《あきら》めるのはまだ早い。まだ何か方法があるはずだ」

新八が言う。

「他に手って……」

銀時が聞くと、新八は神楽に顔を向ける。

「神楽、貴様確か将軍の妹とコネクションを持っていたな」

お、と銀時は顔を輝かせる。そうだ、そのコネを使えば、じーさんを助けることが――

だが、神楽は鼻を鳴らす。

「冗談よしてよ。こんなウイルスが蔓延《まんえん》してる星に姫君がまだ残ってるとでも？」

「くそ、そうか……」

銀時は歯嚙《はが》みする。

姫君は無理、ならばとすぐに思いつく。

「あ！　じゃあ真選組《しんせんぐみ》は？　五年もたってんだ。あんな無能集団でも少しは出世してんだろ。そのコネ使えば何とかなるかも……」

と、言っているそばから……。

河原に停車した護送車から、捕縛された近藤勲《こんどういさお》が降ろされた。

「……え？」

固まる銀時に、またまた野次馬の声が流れてくる。

「あれが……ゴリラか」

「ホントにゴリラだわ」

「うん、ゴリラだね」

――い……

「いい加減にしろよてめーら！　なんで警察のてめーまでとっ捕まってんだよ！　今、江戸で流行《はや》っててんの打ち首っこ!?」

「捕まったっていうか家に帰っただけよ」

神楽が冷《ひ》ややかに言う。

「あのゴリラはアネゴに悪質なストーカー行為を繰《く》り返《かえ》してたんだけど、カーネルサンダースに扮《ふん》してストーカーしてるときに、変なジジイにバズーカ持たされて、さらに変なロン毛に煙管《きせる》くわえさせられて、その煙管の火が銃器に引火、商店街を破壊してとっ捕まっ

たのよ」

「いや、カーネルお前だったんかいィィ！」

銀時のツッコミが江戸の空に響《ひび》き渡《わた》る。

「バカどもが奇跡の三位一体《さんみいったい》やらかしちゃってんだけど!? ふざけろよテメー、唯一の取《と》り柄《え》が公務員ということだったお前が犯罪者になってどーすんだ！ おいィィ！ 誰でもいいから幕府方のコネ紹介しろ！ おい聞いてんのか！」

その時だった。

河原のゴリラが、さっきの桂同様、口にくわえた筆で紙に何かをしたため始めた。

で、近藤が口にくわえて見せたその紙には——

『ムラムラします』

一秒後、河原に瞬間移動した銀時は、さっきの役人に、

「すいません、コイツの●●コ、俺に斬らせてください」

「だからいったい何なんだ貴様は！」

「ちょっといい加減にしなさいよ！」

神楽に羽交い締めにされ、引きずられていく銀時。すべてがさっきの再現である。

「うるせェェェ！ もうどーでもいいから、このバカどもだけは俺に殺《や》らせろぉ！」

「待て、ゴリラはダメでも土方《ひじかた》さんたちなら――連中ならまだ警察でまともに……」

新八が言いかけたが、

「もうそんなところにかけあってる暇ねぇよ！」

処刑の準備は着々と進んでいた。

斬首担当の三人の役人が、源外、桂、近藤の後ろに立ち、一斉《いっせい》に刀を振り上げた。

「じーさんんん！」

銀時が絶叫した時だった。

空気を切《き》り裂《さ》く飛来音。直後、刀を振り上げていた三人の役人が、そろって刀を取り落とした。

腕を押さえる役人――その押さえたところには長い楊枝《ようじ》が刺さっていた。飛来してきたのはこの楊枝。

楊枝が飛んできた方向は、川。銀時がそちらを見ると、声。

「てめーらが注意をひきつけてくれたおかげで容易《ようい》に潜《もぐ》りこめた」

ざばりと水の中から立ち上がったのは、笠《かさ》をかぶった侍《さむらい》だった。

「礼を言うぜ、万事屋《よろずや》」

言うと、その侍は笠を脱《ぬ》いだ。

銀時が目を見開いたところへ、役人の声が言った。

「貴様は……人斬《ひとき》り……人斬り沖田《おきた》！」

川から現れたのは、沖田総悟《そうご》であった。

容貌は五年分の変化を遂《と》げていた。伸びた髪は後ろで束《たば》ねられ、赤色の着物に袴《はかま》を着けている。

別の役人が叫んだ。

「元真選組一番隊隊長にして、今や幕府にあだなす最凶《さいきょう》最悪の凶手《きょうしゅ》、沖田総悟だあ！」

——ば……

——幕府にあだなすぅぅ？

銀時は白目をむいていた。

——あだなしちゃってんのお前!?

沖田は、刀の鞘《さや》を払い、役人に斬りかかっていった。刀は、刃と峰《みね》が逆になった逆刃刀《さかばとう》だ。

そこに呼応するように、突然鬨《とき》の声《こえ》が湧《わ》き起《お》こり、河原の上——土手が騒然となった。

どうやらそこに沖田の仲間がいたようだ。武器を手にした伏兵《ふくへい》が、幕府の役人たちに斬りこんでいく。数十人いる一団のその中で、リーダー格の働きを見せているのは一人だっ

た。

そのうちの一人、くわえ煙草《たばこ》の男が言った。

「てめーら、決起の時は来たぞ！　俺たちから近藤勲を奪《うば》ったこの国に」

そしてもう一人のリーダー格、全身白タイツで筋肉モリモリ、おまけにぶっとい金棒を持ったほうも続ける。

「俺たちから桂小太郎を奪ったこの国に」

天誅《てんちゅう》を下せェェェ！――と二人は同時に叫んだ。

「指揮はこの土方十四郎《とうしろう》と」

「エリザベスがとる！」

続けェェェ！――と二人がまた同時に叫ぶ。

「か、過激攘夷党誠組《まことぐみ》と桂一派だァァ！」

雪崩《なだれ》を打って襲いかかってきた一団に、幕府の役人が怯《おび》えた声を上げる。

「奴《やつ》ら、大将奪還《だっかん》のために同盟を結びやがったァァァ！」

で、ここで銀時。

「うん、そろそろつっこむわ！　どーいうことコレェェェ！　警察のコネどころか、全員まとめて攘夷志士になっちゃってるよアイツらァァァ！」

銀時のツッコミの響く中、土方が、沖田が、無双《むそう》の強さを発揮している。

「なんでこないだまで幕府側だった奴らが幕府潰《つぶ》そうとしてんだ！　なんでこないだまで追いかけっこしてた奴らが手ぇ結んでんだよ！　それとアイツ！」

と、ツッコミの矛先《ほこさき》は、白タイツの筋肉エリザベスに向かう。

「なんでこないだまで化け物だった奴が、笑えない本物の化け物になってんだァァァ!?　あと、なんか知らねーけど、普通に喋《しゃべ》ってるし！」

エリザベスはプラカードの代わりに持った金棒を、ぶんぶん振り回して戦っている。その強さもまた無双であった。

「チャンス！」

そのとき、走りだしたのは神楽だった。

「今のうちにじーさんを！」

混乱に乗じて源外を奪おうというのだ。

だが、

「あ、待て、貴様一人に手柄《てがら》はあげさせんぞ！」

と、一緒に走りだした奴がいる。新八だ。

「ちょっと、邪魔《じゃま》すんじゃないわよ！　何しに来たのよアンタ！」

「黙れ！　真の万事屋は俺だァァァ！」

「オイ、こんな時までケンカしてんじゃねえよ！」

二人の言い争いに銀時も加わる。

だが混乱に乗じようとしたのは、万事屋たちだけではなかった。

「くっそ、貴様らの思い通りにはさせんぞ！」

斬首担当の役人が、源外の背後に立ち、刀を振り上げた。

「じーさん、あぶねえええ！」

銀時は叫び、新八と神楽の頭を踏みつけてジャンプした。木刀を振り上げ、斬首役人を叩《たた》く——つもりだったが、失敗に終わった。新八と神楽が銀時の足をむんずと摑《つか》み、銀時は失速、勢いが足《た》りず、木刀は役人ではなく源外の脳天をぶっ叩いてしまった。

ゴトン。

——え？

首が、源外の首が地面に落ちた。

ごろごろと転がってきた源外の首は、銀時の足に当たって止まる。

——いやいや……。

——え？

刀を持っていた役人が、無言で後ずさっていく。俺知らね、という空気を残して。

神楽と新八も、源外の首と銀時を交互に見たあと、やはり同様に去っていく。

「や、待てって。置いてくなって。俺と首を置いていくなって……」

直後、銀時は開き直るように、

「ヘイ、パスぅぅぅ！」

叫ぶと、源外の首を新八にぶん投げた。

「お――お前らのせいだ！　今のはどう考えてもお前らのせいだ！」

首をキャッチした新八は、しかし、

「ふ、ふざけるな！　俺は貴様に白刃《はくじん》が迫《せま》っていたからかばってやったんだ！　悪意を持って足を引っ張ったのは神楽、貴様だ！」

抗弁し、首を神楽にパス。

「な、何言ってんのよ！　元はと言えば、アンタが手柄横取りしようと絡《から》んできたのが悪いんでしょ！　手柄ならくれてやるわよ、もってけ泥棒！」

首を受け取った神楽は、すぐさまそれを新八に投げ返す。

首の押しつけ合い――というより責任の押しつけ合いが始まっていた。

源外の首が三人の間をぽんぽんと飛《と》び交《か》う。

「オイ、ここはもうジャンケンで決めね!? 負けた奴が一番悪かったことにしね!?」

銀時が提案したが、

「何言ってんのよ! 直接手を下したのはアンタでしょ。アンタがそのままダンクかましなさいよ!」

神楽が首を銀時に投げる。

「やかましい! てめーの頭にダンクかましたろか!」

首を受け取った銀時がそう叫んだときだった。

源外の首から何やら音がする。チチチ……という秒針が進むような音だ。

「ん?」

と、改めて源外の首を見ると、舌を出している。で、その舌には紙が一枚貼《は》りつけてあり、

『残念、ハズレでした』

という一言《ひとこと》。

「え……?」

と、三人が凍《こお》りついた瞬間、源外の首がまばゆい光を発し、爆発した――

「俺たちの大将に、かんぱーい！」

広間のあちこちでビールジョッキのぶつかり合う音が響《ひび》いた。笑い声や話し声がさらに大きくなる。

*

料亭での宴席《えんせき》は大いに盛《も》り上《あ》がっていた。座敷に集《つど》っているのは、元桂《かつら》一派と、元真《しん》選組《せんぐみ》の面々。かつての攘夷志士《じょういしし》、かつての警察が、今や新《あら》たな反政府組織として盃《さかずき》を交《か》わしているのだった。

上座《かみざ》に並んで座るのは、近藤勲《こんどういさお》と桂小太郎《こたろう》である。

集まった者たちに向け、近藤が言った。

「このたびは、皆よくやってくれた」

攘夷志士たちが近藤と桂のほうへ顔を向けると、桂が続けた。

「皆のおかげで恥ずかしながら戻って参りました」

「俺は、お前たちには何と礼を、いや、詫《わ》びたらいいか」

近藤が頭を垂《こうべ》《た》れたのに続いて、

「俺たちが不在の間、苦労をかけたな」

桂も低頭した。

「なあにちょろいもんよ」

と、笑い飛ばすように言うのは、二人に近い位置に座す土方《ひじかた》だった。

「今の幕府《ばくふ》は白詛《びゃくそ》ですっかり弱体化し、政府の体《てい》をなしちゃいねえ」

「そうだ。何よりあの真選組が手を貸してくれたんだ。今の我らに敵はいない」

と、あとに続けるのは筋肉降々《りゅうりゅう》の白タイツ、エリザベスだ。そのエリザベスに、

「いやいや、何を仰《おっしゃ》るエリザベス殿《どの》。此度《こたび》の貴殿《きでん》の武者《むしゃ》ぶりこそ称賛すべきものであった」

土方は言うと、エリザベスのお椀《わん》にマヨネーズをつぐ。

お椀を持つエリザベスも、

「いえいえ、土方殿こそ、鬼の副長の名に恥じぬ闘《たたか》いぶりでござった」

「エリザベス殿、それは昔の話だ。今の我々は白き雷《かみなり》スーパーマヨブラザーズ、トシアンドエリーではないか」

「そうであったな、トシ」

「これからもよろしくな、エリー」

二人は刎頸《ふんけい》の友のごとく、視線を交わし合い、高らかに笑うのであった。

そして上座に並ぶ近藤と桂の絆《きずな》の強さも相当なもののようで――

「桂……俺はお前に言わなければならないことがある」

近藤が言いかけると、

「言うな」

と桂が制した。

「いろいろあったが、お互い昔のことは忘れよう」

「桂……」

「ヅラでいい。近藤」

「ゴリラでいい」

二人は、目を潤《うる》ませると肩を組んだ。

「かつて仇敵《きゆうてき》同士だった我らが手を結ぶ世だ。きっとこの腐《くさ》った時代も変えられるはずだ」

「ああ！　ともにゆこう！　新しい時代を築く旅へ！」

「局長、桂さん、俺たちだけじゃないですよ。大事な連中を忘れてる」

そのとき、襖《ふすま》を開けてそう言ったのは、山崎退《やまざきさがる》だった。この男も、地味なりに五年分の年輪が加わった面差《おもざ》し……ではなかった。地味～に、だいたい昔のまんまであった。

「ああ」

「そうであったな」

近藤と桂は頷《うなず》き返し、立ち上がった。上座の二人が立ったので、他の者たちも立ち上がる。

「みんな、紹介するよ。今日の作戦のMVP、過激攘夷党、万事屋《よろずや》の皆さんだ！」

にこやかに告《つ》げた山崎だったが、その直後に後頭部を蹴《け》り飛《と》ばされた。

「誰がMVPだ」

銀時《ぎんとき》である。

「てめーらみてえな節操《せっそう》のねえ奴《やつ》らと一緒にすんじゃねえ！　なに勝手に人を政治犯に仕立て上げてんだ！　おかげで俺たちも犯罪者の仲間入りじゃねえか」

声を上げる銀時の傍《かたわ》らで、新八《しんぱち》と神楽《かぐら》も同意の表情を浮かべている。

憮然《ぶぜん》とする銀時たちにはかまわず、しかし近藤はピュアな笑顔で近づいてくる。新八の肩に手を置き、

「ありがとう、新八君、チャイナさん、君たちまでが俺たちを救う作戦に協力してくれるとは」

「触《さわ》るなゴリラ」

だが、新八は冷《ひ》ややかだった。

そっけない万事屋に、しかし近藤はなおも快活に言う。

「いやー、風の噂《うわさ》で解散したと聞いていたけど、再結成したんだね。嬉《うれ》しいよ、やはり江《え》戸《ど》には万事屋がいないと寂《さび》しいからさ！」

「で、この卑猥《ひわい》なフォルムの男は……新しいメンバーか？」

と、銀時に鋭い視線を向けてきたのは、土方だった。

「なんだかアイツに似て冴《さ》えねえ野郎だな、あん」

そこへ桂も、

「新八君、リーダー、俺は認めんぞ。銀時の跡《あと》が、こんな奴につとまるわけがない。許しませんよ。断固反対です」

銀時はイライラしながら、

「いや、なんでこいつらにチェックされなきゃなんないの!?　すげームカつくんだけど！」

だが、そこへさらに神経を逆撫《さかな》でしてくる奴がいる。

長髪を後ろで束《たば》ねた沖田《おきた》だ。

「てめーら、ちゃんと履歴書《りれきしょ》とかチェックしたのか？　俺が確かめてやるよ、オラかかってこい。旦那《だんな》の跡は、人を二、三人斬《き》ったくらいじゃつとまんねーぜ。来いよ、拙者《せっしゃ》が試してやるでござる」

「おめーに言われたかねーよ！　このインチキ抜刀斎《ばっとうさい》！」

つっこむ銀時の横で、神楽と新八が言った。

「勘違《かんちが》いしないでよね。私だってこんな奴認めた覚えはないから」

「俺もだ。俺ももう誰とも万事屋を組むつもりはない」

「そ、そうか」

近藤は気まずげに咳払《せきばら》いすると、

「あー、かくゆう新八君」

と話題を変えた。

「お妙《たえ》さんは元気？」

新八の目が一瞬鋭くなった。

「俺の捕《つか》まってる間に結婚とかしてないよな？　大丈夫だよね？　さらにキレイになっちゃったりしてんの？　ねえ、新ぱ――」

声が途切れたのは、新八が近藤の顎《あご》を摑《つか》んだからだった。

「触るなと言ったのが聞こえなかったのか？」

「し、新八君？」

近藤が目を瞬《しばた》かせると、新八は手を放し、部屋を出ていった。

「今日のところは私も帰るわ」

神楽が言い、やはり踵《きびす》を返す。部屋を出ていく前、

「気が向いたら……またね」

神楽は銀時に言った。

宴席のざわつきはすでに消え、尖《とが》った空気の残滓《ざんし》が漂っていた。

「……いまだ傷はいえず、か」

桂が独《ひと》りごちた。

「そのようだな」

近藤も続ける。

「みんないろいろ変わっちまったが、あいつらだけは何も変わらねえ……なんとなくそう思ってたんだがな」

「無理もねーさ」

と、沖田が言う。

「俺たちの大将は戻ってきたが、アイツらの大将は、もう帰ってこねーんだから」

＊

いつの間にか雨が降りだしていた。

宴会は終わり、料亭二階の濡《ぬ》れ縁《えん》には桂《かつら》と銀時《ぎんとき》がいた。

「奴《やつ》がいなくなって、もう五年か」

強まる雨音に、桂の声が重《かさ》なる。

「……俺は、あの世でアイツと合わす顔がない。奴が残していったものを護《まも》ることができなんだ」

「お前、奴が何をしようとしていたか知っているのか？」

銀時は桂の背に聞いた。

「白詛《びやくそ》……いや、あの時はまだそんな名前はついていなかったな」

桂はそう言うと、銀時に横顔を見せた。

「アイツが……銀時がなぜこの星に白詛が蔓延《まんえん》する以前に、その存在を知りえていたかわかるか？」

「………」

「それは奴が、十五年前にすでにそれに出会っていたからさ」

「十五年前？」

「ああ。攘夷《じょうい》戦争の時代に」

攘夷戦争……。銀時の脳裏《のうり》に、当時の戦場の光景が滲《にじ》み出《だ》してきた。

＊

料亭をあとにした新八《しんぱち》は、雨の中を歩いていた。

少し距離を置き、その背を、近藤《こんどう》が静かに追っていた。

妙《たえ》の近況を聞いたときの新八の反応が、近藤には気がかりだった。だから、あとをつけた。

しかし、新八の足は、家ではなく別のところに向かっているようだ。

近藤は訝《いぶか》りつつも、新八の背を追い続けた。

道の先に、やがて見えてきたのは、白い外壁の建物だった。

病院……？

近藤の胸に不安がよぎった。

＊

「――十五年前、長期化する攘夷《じょうい》戦争を終結させようと、幕府方《ばくふがた》がある戦《いくさ》に用《もち》いた傭兵《ようへい》部隊があった」

銃声と砲声、地響《じひび》きと硝煙《しょうえん》の匂《にお》い。脳裏《のうり》に蘇《よみがえ》った当時の記憶に、桂《かつら》の声が重《かさ》なる。

「――その傭兵部隊は、あまたの星間戦争に用いられてきたが、一度戦に出るや、星が使いものにならなくなるほどの甚大《じんだい》な被害を生むため、いつぞやから〝星崩《ほしくず》し〟の異名《いみょう》とともに、禁忌《きんき》の存在とされ、歴史の闇《やみ》に埋もれた者たちだった。その名を――」

「魘魅《えんみ》」

と言う声は銀時《ぎんとき》が発したものだった。

桂が怪訝《けげん》そうな顔をする。

「お前……ひょっとして、攘夷戦争に参加していたのか」

銀時が答えず、過去に思いをめぐらせたとき、

「そいつなら、俺も知ってるぜ」

声がした。

視線を左に転じると、土方《ひじかた》が壁に寄りかかっていた。

「魘魅――蠱毒《こどく》と言われる呪術《じゅじゅつ》を用い、攘夷志士《しし》たちに大層な損害をもたらした連中だろう」

土方が続けた。

「だが、種《たね》を明かせば、奴《やつ》らの呪術とは、ナノマシンと言われる極小《ごくしょう》の機械《からくり》——人為的《じんい》に作られたウイルスを用いた戦術にすぎなかった……それだけじゃねえ」

土方の視線が外へ向けられた。

「奴らが用いたそのナノマシンの症例は……現代において猛威《もうい》をふるう、白詛《びゃくそ》のそれと酷似《こくじ》していた」

＊

新八《しんぱち》が入った病室のドアを、近藤《こんどう》はこっそり開けてみた。

病室の奥、ベッドの傍《かたわ》らに新八が座っていた。近藤に見えているのはその背中だ。

ベッドには誰が……近藤は顔を傾けて、患者が誰なのかを見た。

瞬間、胸を衝《つ》かれた。

自分の見ているものが信じられなかった。

お妙《たえ》さん……。声にはならなかった。

＊

「土方殿《ひじかたどの》、もしやおぬし、銀時《ぎんとき》の死について調べを？」

桂《かつら》が聞くと、土方は煙草《たばこ》の煙を吐《は》いて答えた。

「俺も、あの時はまだ警察だったからな。死人が出りゃ、捜査くらいするさ」

銀時は拳《こぶし》を固めた。認めたくない事実が、ひたひたと押し寄せてくるのを感じながら言った。

「……まさか白詛《びゃくそ》が、今のこの地球の状態が、あの連中のもたらしたもんだとでも!?」

そんなはずはねえ、と続け、銀時はかぶりを振った。

——奴《やつ》らは、確かにあの時、俺が……。

脳裏《のうり》によぎるのは、攘夷《じょうい》戦争の一場面だった。魘魅《えんみ》のボスを追いつめ、銀時はその首を刎《は》ねた。それは確かだ。

「あいつらは、完全に滅《ほろ》んだはずじゃ……」

「もし生き残りがいたとしたら」

桂の冷厳な声が、銀時の胸を貫《つらぬ》いた。

「生き残り……？」

「あの時、討《う》ち損《そん》じ、討ちもらしがあった。その生き残りが、俺たちに復讐《ふくしゅう》せんと、今度は地球の人々を根絶《ねだ》やそうとしているとすれば」

「何か確証でもあるのかよ」

「わからん。だが銀時はおそらく……何かを見たに違いない。ゆえにアイツは白詛拡大前に、それにいち早く気づき、動いていた。姿を消す前、あいつはガラにもなく俺を訪ねてきて、昔話をしていった。その時に……気づくべきだった」

桂は嘆息《たんそく》すると、そっと言い足《た》した。

「業《ごう》を背負《せお》うべきは、お前だけではなかろう……銀時」

桂は遠くを見つめ、過去の銀時に語りかけていた。

銀時は外に目をやった。

魘魅——白詛——生き残り。

禍々《まがまが》しいキーワードが頭に明滅する。

離れたビルの屋上に人影を見たのはその時だった。

笠《かさ》をかぶり、錫杖《しゃくじょう》を持ったシルエット——それを認識した瞬間、銀時の体は反応していた。

「オイ、どうした!」

桂の声を背に、銀時は宴会場を突っ切り、料亭の二階から飛び降りた。

荒れたアスファルトを走り、人影を見たビルを目指《めざ》す。が、一度立ち止まり、再びビルを見上げると、もうその姿はなかった。

――今確かに見た……。

雨はまだ降り続いている。

直後、背中に気配を感じた。振り返る。と、傘《かさ》をさして道端にしゃがんでいる神楽《かぐら》と定《さだ》春《はる》がいた。

雨に濡《ぬ》れる銀時を、神楽は悲しげに見つめていた。

*

来れば、胸が張《は》り裂《さ》けそうになる。

来れば、自分の無力感に打ちのめされる。

なのに、来ずにはいられなかった。あの人に会うために。

九兵衛《きゅうべえ》が病室のドアの前で逡巡《しゅんじゅん》していると、

「久しぶりじゃな。達者にしておったか」

声をかけられた。

「月詠《つくよ》殿《どの》……」

九兵衛の隣に立った月詠は、かつての忍装束《しのびしょうぞく》ではなかった。着物に羽織《はおり》を重《かさ》ね、落ち着

いた雰囲気を漂わせている。

変わったな、この人も。そう思ったが、その感想はおそらく月詠も同じだろう。九兵衛も、長かった髪を今はばっさりと短くしている。

「ちょっと、なに二人とも」

そこへ、別の者の声がした。

「久しぶりに会ったら、髪なんか切っちゃって。失恋でもした？」

現れたのは、猿飛《さるとび》あやめ――さっちゃんだった。こちらは、昔と比《くら》べて外見にあまり違いはない。髪も長いままだった。

「ぬしは変わらんな、猿飛」

月詠が言うと、さっちゃんは得意げに笑った。

「そうでしょ。くの一は美貌が武器だから」

九兵衛も言った。

「確かに変わらないな。肌《はだ》が少々荒れただけだ」

付《つ》け足《た》しの一言《ひとこと》に、さっちゃんは目を三角にすると、

「誰の肌が荒れてるっつーのよ！　アンタらも似たようなもんでしょ！　私はアンタらと違ってモテモテだから、髪切る必要なんてないのよ。失恋とは縁がないから」

確かにな、と九兵衛は思った。恋する相手が、もうこの世にいなければ、失恋することもなかろう……。

だが、それは言わず、病室のドアに手をかけた。

三人は病室に入り、ベッドの横に立った。

「お妙《たえ》ちゃんも……何も変わらない」

九兵衛は言った。

ベッドの中で、お妙は白く染《そ》まりつつあった。髪も肌も。

「本当に、変わらない？　私……もう、目も、よく見えなくて……」

掠《かす》れ気味の声にも死の影がちらついている。

「髪も……新《しん》ちゃんに、といてもらってるんだけど……ちゃんと……してる？」

「ああ……」

九兵衛は頷《うなず》いた。その声は、震えた。

「なんにも……変わらない。お妙ちゃんは、昔のまんまだよ」

音もなく、お妙の髪が――白くなった髪が床に落ちた。

「お妙ちゃんは綺麗《きれい》で、凜《りん》としてて、芯《しん》があって……」

九兵衛はそこで言葉を続けられなくなった。

さっちゃんが後を引き取った。

「あと、あの、アレよ……凛としてて」

「それ一回言ったぞ」

月詠のツッコミが入る。

「あと、綺麗で……」

「それも言いんした」

「あのアレ、がさつで腹黒そうで——」

ゴツッと月詠の拳《こぶし》がさっちゃんの顔面に入る。

「な——何すんのよツッキー！　私は心から思ったことを言っているだけよ！」

「心から思うな！　空気を読まんか！　たとえ本当のことでも」

「いやアンタが一番ひどいこと言ってるけど!?」

月詠とさっちゃんのやりとりに、お妙が、ふふ、と笑った。

九兵衛たちは、お妙に顔を向けた。

くすくすと笑い続けるお妙につられて、九兵衛たちもやがて声を上げて笑いだした。

「なんだか……久しぶり。思い切り笑ったのは」

笑いが一段落すると、お妙が言った。

「前は……こうしてよくみんなで集まって笑ってたっけ」

遠くを見るような目をする。

「でも……江戸《えど》がこんな風《ふう》になってから、みんな……あまり笑わなくなって、顔を合わすことも……少なくなって」

お妙の声が、もう細くなっていく。

「新ちゃんも……神楽《かぐら》ちゃんも、そう。会ってもお互いの顔を見ようともしないの。でもそれは、お互いの辛《つら》い顔を見るのは、もっと辛いから……。みんなの顔を見ると、あの頃を……あの人の顔を、思い出してしまうから……」

九兵衛は静かに息を吸いこんだ。

遠くを見やるようなお妙の目に、今何が映っているのかわかったからだ。

「本当に、いったいどこで何をやってるんだか、あのちゃらんぽらん……」

お妙が呟《つぶや》いて、かすかに口元をゆるませる。

九兵衛の脳裏《のうり》にも、あのちゃらんぽらんの顔が浮かんでいた。

「早く帰ってこないと、みんなバラバラになっちゃうよ……。早く帰ってこないと……さよならも、言えなくなっちゃうよ」

ぎゅっと握《にぎ》りしめた九兵衛の手は震えていた。

「できることなら、もう一度見たかった……あの三人の……笑顔」

「妙……ちゃん……」

呻《うめ》くように九兵衛は言った。が、お妙の返事はなかった。

お妙の目が閉じかかった時だ。

「待ちなさいよ、アンタ！」

さっちゃんがお妙に摑《つか》みかかった。

「猿飛！」

月詠が声を上げる。が、さっちゃんは止まらなかった。お妙を激しく揺さぶりながら、乱暴な言葉を叩《たた》きつけた。

「何寝ぼけたこと言ってんのよ！　アンタがこんなところで死ぬタマか！」

月詠が引きはがそうとしても、さっちゃんの力は恐ろしいほどに強かった。

「立てよアバズレ！」

さっちゃんが叫ぶ。

「やめろ猿飛！」

月詠の制止も、しかし届かない。

「この絶壁女！　ドS女！　私がなんで五年も変わらないでいたかわかる!?　あの人が帰

ってくるって信じてるからよ！　あの人が戻ってきた時に、何年たってようが昔と変わらない姿で迎えてあげたいからよ！」

お妙はされるがままになっている。

「なのにアンタは死ぬっていうの!?　あの人を置いて、私たちを置いて、勝手におっ死《ち》のうっていうの!?」

そんなの、と続けたさっちゃんの声は震えていた。

「そんなの、許さない。私と銀《ぎん》さんのウェディング見るまで、勝手に死んだりしたら絶対に許さないんだから！」

お妙も目を潤《うる》ませていた。

九兵衛も、もう涙を隠していなかった。

月詠はそれでも懸命に涙をこらえようとしていた。

号泣しながら、さっちゃんは続けた。

「ホラっ！　かかってきなさいよ！　アンタがこんだけ言われて黙ってる女!?　いつもみたいにかかってきなさいよアバズレ！　聞いてんのかよおた——」

不意にさっちゃんの声が止《や》んだ。

誰かにむんずと頭を掴まれたのだ。

続いて聞こえた声は――

「ギャーギャーギャーギャーやかましいんだよ。発情期ですかコノヤロー」

懐《なつ》かしい声に思えた。

振り返る。と、立っているのは――見知らぬ男だった。

にかっと笑い、その見知らぬ男が言った。

「どうした、ポカーンとした顔して」

「だ――誰だお前はァァァ!」

九兵衛が叫び、

「どんなタイミングでなんつーコスプレしてんだ! てか、発情してんのはてめーだろうが、チン●野郎!」

さっちゃんがキレて、

「すまきにして川に捨ててくるぞ」

月詠も激怒《げきど》。坂田《さかた》銀時《ぎんとき》の格好をしたその男を、三人でボコボコに蹴《け》りまくっていると、

「ぎ……」

かすかに聞こえたその声で、九兵衛たちは動きを止めた。

「銀……さん……本当に……銀さん、なの……」

切れ切れのお妙の声だ。

「ええ」と答えたのは、病室に現れた新八《しんぱち》だった。その横には神楽もいる。

「銀さんです。姉上……」

涙声で新八は続ける。

「帰って……きたんです。銀さんが」

「アネゴ……」

神楽の声も涙に濡《ぬ》れていた。

「これで……私たちまた……三人一緒に万事屋《よろずや》が、できるアルヨ」

「あ、あなたたち……いったい何言って――」

さっちゃんはしかし、最後まで言えなかった。背後から口を塞《ふさ》がれたからだ。

「遅かったじゃねーか、万事屋」

さっちゃんの口を塞いだ人物――近藤《こんどう》が言って、にやりと笑った。

「ったく、しぶてぇ野郎だな、てめーは」

そうか、と九兵衛は気づく。これは、芝居《しばい》。銀時でない男を、銀時だと見せかけるための芝居。それは、白詛《びゃくそ》に視力を弱められたお妙に向けた、優しい嘘《うそ》だった。

「近藤さん……？」

お妙の目が近藤を探す。近藤は声を大きくして、続けた。

「安心してください、お妙さん。――俺も、万事屋も、みんな、ここにいますよ」

お妙の口元が微笑《ほほえ》んだ。

「本当に、夢じゃないのね」

「ああ」

銀時役の男が頷く。その両脇《りょうわき》に新八と神楽が進み出る。

「だからもう何も心配はいらねーよ。お前の未来は……俺たちの未来は……この世界の未来は……」

言うと、銀時役の男はお妙の手に自分の手を重ねた。

「俺たちが変えてみせる」

それに合わせて、新八と神楽の手も重ねられる。

お妙の頬《ほお》を涙が伝った。

「あり……がとう」

＊

雨は上がっていた。

夜の街《まち》を、万事屋《よろずや》の三人は歩いていた。

アネゴの前で、銀《ぎん》ちゃんのふりをしてほしい――神楽《かぐら》に頼まれ、お妙《たえ》の前でひと芝居《しばい》打った。芝居はうまくいき、お妙に束《つか》の間《ま》の安らぎを与えることはできた。だが、それでお妙の病状がよくなるわけではない。そこが辛《つら》かった。

新八《しんぱち》が舌打ちして言う。

「どこで嗅《か》ぎつけたのか知らないが、余計な真似《まね》を」

言われた神楽も舌打ちし、

「ケッ……泣いてたくせに」

「お前も泣いてただろーが！」

「別にてめーのために泣いたわけじゃないアル！」

「おい、どーでもいいけどおめーら」

と、そこへ銀時《ぎんとき》が割りこむ。

「ツッコミとアルは捨てたんじゃなかったのか？」

指摘され、新八と神楽の顔にバツの悪さが浮かぶ。それをごまかすように、

「うるせえええ！」

二人は声をそろえた。

会話はそれで終わりだった。

「またな」

三人は言い合って、歩きだした。十字路を、それぞれが違う方向に。

——まだだ。

と、銀時は思った。俺が、あいつらと同じ方向に歩くのは、まだ、もう少し先。

芝居ではなく、正真正銘《しょうしんしょうめい》の万事屋再結成。

その前に、会わなければならない人物がいた。

*

スナック『お登勢《とせ》』の引き戸を開けると、カウンターには先客がいた。

源外《げんがい》だ。カウンターの中にはお登勢もいる。その表情を見てわかった。お登勢も、源外側の人間だ。つまり、ここに至《いた》る一連の事情を知っている。

入ってきた銀時《ぎんとき》に、お登勢がいたずらっぽく言った。

「あら、懐《なつ》かしいお客さんだ。どうだい、一杯飲んでかないかい？」

銀時は答えず、源外の隣のスツールに腰かけた。

「一杯おごれよジーさん。人をここまで踊らせてくれたんだからよ」

「悪いが今夜は先約があるんだ。コイツに聞いてくれ」

源外の前には額に入った遺影が置かれていた。坂田《さかた》銀時の遺影だ。その前にはグラスが置かれている。

源外はそのグラスに酒をついだ。

銀時は断《ことわ》りもせず、そのグラスを奪《うば》い、酒をあおった。

源外も咎《とが》めず、言った。

「どうだった、この世界は。一通り状況は飲みこめただろう？」

「未来なんて来るもんじゃねーな」

銀時は言うと、源外とお登勢を交互に見た。

「どうやらジジイは狸《たぬき》、ババアは狐《きつね》になっちまうらしい」

二人は何も言わずに薄く笑った。

「この世界の状況を知らせるために、こんなまどろっこしい真似《まね》したのかよ、ジーさん。おかげでずいぶん遠回りしちまったぜ」

グラスを置き、銀時は言った。

「悪かった。でもよ、俺が五年かけて作り上げた世紀の発明をオシャカにしたんだ。つーことで、おあいこだ」

ニッと笑うと、源外は背後のボックス席に置いてあった時間泥棒に視線を向けた。

「で、未来を変える算段はついたか」

源外が聞く。銀時は小さく首を振った。

「さあな。未来どころか、過去の亡霊まで出てくる始末だ」

亡霊——魘魅《えんみ》。

お登勢が言った。

「その調子じゃ、未来変えるどころか、てめえの死の原因つきとめんのもおぼつかないねえ」

「わかってんのは、キノコ食って腹こわしたらしいってことぐらいだ」

言って、銀時は自嘲《じちょう》気味に笑う。

「幸《さいわ》い時間泥棒のメインシステムは無傷だ。修理が終わるまでにカタつけろ」

言うと、源外はさっさとスツールから降り、ボックス席の時間泥棒を肩に担《かつ》いだ。

「待てよ」

行こうとする源外を銀時は呼び止める。

「カタつけろってアンタ、俺をここに呼び出しといて、何も知らねーのか？」

「知らねえ。てめえが今日知ったことで全部だ。それに、お前をこの未来に呼んだのは俺じゃねえ」

俺じゃない──銀時は源外の顔を見返した。

「……お前自身だ」

言って、源外はちらりと遺影に視線を投げた。

──俺、自身だと？

源外は続けた。

「お前は姿を消す前に、俺に時間泥棒の製作を頼んでいったのさ。もし自分が戻らなければ、これを使っててめーをここに呼べってな。わかるか？　てめーは、てめーが救えなかった世界を、てめー自身に救わせようとしたんだよ」

銀時はカウンターに置かれた自分の遺影を見つめた。

──俺が、俺を呼んだ。

時間泥棒を担ぎ直し、源外が歩きだした。背中で言う。

「まったく勝手な野郎だろう。俺がコイツを作るのにどれだけ苦労したことか」

出口の前で立ち止まると、源外は一度振り返った。

「言っとくが、コイツの製作費はキッチリつけとくぜ。未来にな」

引き戸を開け、源外は出ていく。

お登勢がカウンターの中で鼻を鳴らした。

「フン、まさか、てめーのぬぐえなかったケツ、時空超《こ》えてまでてめーでぬぐおうとは、今もつくづく難儀《なんぎ》な男だねアンタも。ま、恨《うら》むんなら、てめーの性分《しょうぶん》恨むこった」

＊

「恨《うら》んじゃいねーさ」

銀時《ぎんとき》は言って、デスクのコップに酒をついだ。

スナック『お登勢《とせ》』から、万事屋《よろずや》の事務所に場所を移していた。

自分の遺影を、かつて自分が座っていたデスクに置き、その遺影に語りかける。

「お前は、世界を護《まも》ることはできなかったかもしれねぇ。——でもな、俺の世界は護ってくれたよ」

背後に気配を感じたのは、そのときだった。

「朝っぱらから何ダラダラやってんですか、珍《ちん》さん」

新八《しんぱち》の声だった。

振り返る。新八と神楽《かぐら》、そして定春《さだはる》もいた。新八はコートから稽古着《けいこぎ》、神楽はスリットの深いセクシーなコスチュームから昔のチャイナ服に戻っていた。

「まさか僕らとの約束、姉上との約束、忘れたわけじゃないですよね」

新八に続けて、神楽も言う。

「くぅおらあああ！　シャキっとせんかい、朝勃《あさだ》ちばりに！　さっさと仕事しにいくアルヨ！」

銀時は答えず、にやりと笑った。五年分、齢《とし》はとっているが、昔のあいつらがそこにいた。

酒の入ったコップを手にし、乾杯のしぐさをすると、銀時は自分の遺影に告《つ》げた。

「礼を言うよ。後は任《まか》せな」

ぐいと酒をあおり、干《ほ》したコップをデスクに叩《たた》きつける。

「行こう」

二人と一匹に言うと、事務所を出た。

と、そこでまた銀時はにやりと笑うことになった。

みんながいた。

真選組《しんせんぐみ》、桂《かつら》一派、マダオ、月詠《つくよ》にさっちゃんに九兵衛《きゅうべえ》にお登勢——かぶき町の愛すべきバカどもが、万事屋に合流せんと待ち受けていたのだ。

近藤《こんどう》が、銀時たちに言う。

「約束したのはお前らだけじゃない。すべての元凶《げんきょう》たる魔魅《えんみ》とやらを追《お》い詰《つ》め、お妙《たえ》さんを救う方法を探し出す。大丈夫。きっと間に合うさ、新八君」

新八がかすかに笑う。

銀時は目を伏《ふ》せた。

――おめーら……。

ふっと笑い、すぐに表情を引《ひ》き締《し》め、歩きだした。仲間があとに続く。

お登勢が火打ち石を打って送り出してくれた。

＊

広い江戸《えど》のどこかに潜《ひそ》んでいるはずの、魔魅《えんみ》の残党。

万事屋《よろずや》が探さなければならないのは、それだった。

銀時《ぎんとき》たちは町に散り、聞きこみを重《かさ》ねた。

万事屋の三人に加え、真選組《しんせんぐみ》、桂《かつら》一派、そして月詠《つくよ》の配下、百華《ひゃつか》の者たちもいる。人海戦術で町をローラーしていく――

が、結果は――捗々《はかばか》しくなかった。

聞きこみで町を歩きながら、新八《しんぱち》と神楽《かぐら》の呼吸は、昔に戻っていたが、肝心《かんじん》の魔魅についての情報は手に入らなかった。別行動中の他のチームからも、特段何かを掴《つか》んだとの知らせも入らない。

「はあー、ダメだ」

河原の土手で仰向《あおむ》けになり、銀時はぼやいた。

ひとまず聞きこみを切り上げた夕刻である。オレンジ色に染《そ》まる川面《かわも》を眺《なが》めながら、銀時はため息をついた。

「こんだけ捜《さが》して、魘魅の『え』の字も出てきやしねえ」

「こっちも成果なしです」

新八の声と同時に缶コーヒーが投げられた。

銀時がキャッチすると、新八が隣に腰を下ろし、自分も缶コーヒーのプルトップを引いた。

「珍《ちん》さん、アンタほんとに見たんですか、その魘魅とやらを」

言って、コーヒーに口をつける。

それは、見た。あの雨に煙るビルの屋上に、赤く妖《あや》しい光を確かに見た、はずなのだが……。

「自信のなくなるようなこと言うなよ」

と、つい弱気発言をしてしまう。

「信用できなくなるようなこと言わないでくださいよ」

と、新八も力のない声を出し、二人は同時にため息をつく。

「見つけたらどうするアルか」

神楽の声がした。

振り返ると、神楽はすぐそばにいた。十手の上の道で、こちらに背を向けて缶コーヒーを飲んでいる。

「どうするって……。んなもん決まってんだろ。ボコボコにして、ふんじばって……」

「違う……」

神楽が銀時の声を封じた。

「お前のこと、聞いてるアル」

「俺の？」

「全部終わったら、どうするアルか」

神楽が振り返り、銀時を見た。新八の視線も感じる。

全部終わったら――銀時は暮れゆく空を見上げた。

「帰るよ。俺のいたところに」

銀時は言った。

「……待ってる奴《やつ》らがいるからな」

それはもう決めていたことだった。

「……本当に、そっくりアルな」

神楽が言って、顔を伏《ふ》せた。

「勝手に万事屋《よろずや》再結成させて、勝手にいなくなって、そんな自分勝手なところまで、あのバカとそっくりアル」

そっくりっつーか、同一人物なんだけどね。心に浮かんだセリフを銀時は苦笑とともに遠くへ押しやった。

「全部片付いたら、銀ちゃんは戻ってくるアルか？」

神楽の声に、少し感傷の色があった。

「ウイルスがなくなって、アネゴの病気が治《なお》って、江戸《えど》が元に戻ったら、銀ちゃんは帰ってくるアルか？　それとも……お前がいなくなったら、またみんなバラバラアルか」

「……神楽ちゃん」

新八が弱々しく呟《つぶや》いた。

そこへ銀時が、そっけなく言った。

「オイオイ、何？　こないだまでは俺と組むなんてクソくらえって言ってたのに、どうした？　寂《さび》しくなっちゃった？」

神楽は顔を曇《くも》らせて俯《うつむ》いてしまう。

じゃあ、と銀時は言葉を継《つ》いだ。

「じゃあ銀さんが帰ってくるまで、俺と万事屋やるか？」

神楽の前に立ってそう言うと、神楽ははっとした。

だが、銀時はすぐにはぐらかす。

「いや、でもそれはそれでマズイかもなー‼　特にぐらさんと俺が一つ屋根の下っつーのは。そもそもさ、前の神楽ちゃんの時だってギリギリだったんだよ。もう今のあなた完全に神楽さんだもの。さんづけ二人が同棲《どうせい》ってさ、いろいろご近所の目もあるし、何か間違いでも起こったらPTA的に――」

ぺらぺらと喋《しゃべ》っていた銀時だったが、最後まで言えず、神楽の蹴《け》りを浴びた。吹っ飛んだ銀時は、川に落下。派手な水音が上がった。

「ち、珍さんんんんん！」

新八が叫ぶ。その横で神楽が続ける。

「なーんてネ、勘違《かんちが》いしないでよね。冗談アル。ひょっとしてドキドキとかした？」

「いや、冗談で済《す》む威力じゃねーよ！　ドキドキどころか心肺停止状態だよコレ！」

新八はつっこみつつ、銀時を助けに川岸に降りた。

ずぶ濡《ぬ》れで仮死状態の銀時を岸に引きあげ仰向けにし、心臓マッサージを始める。

「珍さぁああん！　戻ってこいい！」

「フン、お前なんかいなくたって屁《へ》でもないネ。お前みたいなのがいると、銀ちゃんが帰ってきた時に、万事屋のバランスが崩《くず》れるし、美女一人をとりあってドロドロになられても困るし、用が終わったらさっさと私たちの前から消えることアルな」

神楽が話すそばで、新八は銀時への心臓マッサージを続けている。朦朧《もうろう》とした意識が、やがて覚醒《かくせい》した。

「心配しないでも、ちゃーんと銀ちゃんに伝えとくアル。ほんのちょっとの間だけど、万事屋にお前みたいな役立たずがいたことは。万事屋に、もう一人メンバーがいたことは、忘れないでいておいてやるアル。だからお前も――」

不意に、神楽が言葉を止めた。その視線は、銀時の傍《かたわ》らの地面に向けられていた。

そこには、セル画風のフィルムが一枚落ちていた。例の特典用のフィルムだ。そのうちの一枚。クソ豚《ぶた》野郎の図柄《ずがら》。

「……コレ」

神楽が拾おうとした瞬間、

「おわあああ！」

銀時は慌《あわ》ててフィルムをひったくった。

「ち――違う違う！　コレはアレ、そーいう趣味なわけじゃないから！」

「珍さん、今のそれ、ひょっとして……」

新八も訝《いぶか》しげな声を出した。

銀時の懐《ふところ》で、トランシーバーが電子音を鳴らしたのはそのときだった。

助かったとばかりに、銀時は応答のボタンを押した。トランシーバーの画面に映ったのは源外《げんがい》だった。

「オイ、銀……珍の字！　マズイことが起こった」

源外の声は切迫していた。

「時間泥棒が盗まれた」

「はあ？　盗まれたぁ!?」

声を上げたあと、慌《あわ》てて銀時は新八と神楽に目をやった。時間泥棒がどういうものか、この二人に追及されると話がややこしくなる。

銀時は二人から少し離れ、源外の続ける言葉を聞いた。

「ああ、しくじった。おおかた修理は終わってたんだがな、時空転移に必要なエネルギーがそろわなくていろいろと駆け回ってたんだが……その隙《すき》に」

「いったい誰がそんなマネを」

銀時は小声で言った。

「アイツがタイムマシンだってのは、俺とアンタとバーさんしか」

「待ってろ。時間泥棒の視覚映像はこちらにモニタリングされてる。今その映像をそっちに送る」

その言葉のあと、モニターの源外が砂嵐に変わり、ついで映し出されたのは――魘魅。

時間泥棒を担《かつ》いで、街《まち》のどこかを移動しているようだ。

「奴《やっこ》さんか……」

源外も同じ映像を見ているのだろう、呻《うめ》くように呟いた。

「どうやら野郎、お前の正体も、お前がどうやってここに来たのかもすべてご存知らしいな」

銀時は思わず舌打ちした。

「くそ、未来を変えるのを阻止《そし》しようってのか」

「銀の字、ＧＰＳで野郎の位置が割り出せた。手遅れになる前に急げ！」

「どこだ!? 奴はどこにいる!」

小声にするのを忘れ、銀時はトランシーバーに向かって聞いた。

「……ターミナル跡地《あとち》だ」

源外が言った。

*

江戸《えど》の象徴として街《まち》の中央に聳《そび》えていた塔は、今やぽっきりと折れ、巨大な廃墟《はいきょ》と化していた。

「時間がねえ。ここは手分けして探すぞ」

銀時《ぎんとき》は、ターミナル跡地《あとち》に着くと、新八《しんぱち》と神楽《かぐら》、定春《さだはる》に告《つ》げた。

魘魅《えんみ》の容貌はすでに伝えてあった。そいつが今回の事件の元凶《げんきょう》であることも。

「でも……」

と、言いかけた神楽の声にかぶせて、銀時は続ける。

「いいか。野郎を見つけたら必ず俺を呼べ。無茶すんじゃねーぞ」

一度戦った自分は、魘魅の強さをよく知っていた。

新八と神楽が頷《うなず》くのを見て、銀時は駆けだした。三人は三方向へと散る。

――急がねえと……。

銀時は廃墟の中で目を凝《こ》らした。

＊

万事屋《よろずや》たちがターミナル跡地《あとち》を探索《たんさく》している頃、病院のお妙《たえ》にも変化が起きていた。

容態が急変したのだ。

病状をモニターしていた医師や看護師が、険《けわ》しい顔つきでお妙のベッドのまわりに集まった。

ベッド脇《わき》の心電図の動きが、お妙の命の火がいよいよ消えかかっていることを示している。

マスクをつけられたお妙は、浅い呼吸を繰《く》り返《かえ》していた。

医師はきつく目をつぶった。打つ手は、もうなかった。

＊

廃墟《はいきょ》の中は、迷路だった。

折れた柱、崩《くず》れた天井、大きく割れた廊下――それらが時に行く手を阻《はば》み、時に新《あら》たな通路を作っていた。

暗い廃墟を、銀時《ぎんとき》は上へ上へと登っていく。

ふと、瓦礫《がれき》の向こうに微《かす》かな光を見た。

銀時は、その光に向かって、足を進める。

光の射《さ》す場所は、折れた塔の頂上部分だった。

開けたその場所は、さながら瓦礫を敷き詰《し》《つ》めた闘技場だった。夕日の落ちかかったその闘技場に——いた。

魘魅《えんみ》のボス。

呪符《じゅふ》に包まれた顔と、その隙間《すきま》に妖《あや》しく輝く赤い光。十五年前と同じいでたちだ。そして、少し離れたところには、黒いスーツを着た、時間泥棒。ロープに縛《しば》られ、打ち捨てられたように倒れている。

銀時は瓦礫を踏み、魘魅と対峙《たいじ》した。

「ようやく会えたな……」

銀時は言った。魘魅は答えない。

「長いこと待たせちまって悪かったな」

魘魅は答えない。

「お互い、ずいぶん回り道しちまった。たかが十五年前の忘れ物一つを取り戻すために。……だが、それもこいつでしめーだ。一度は見失っちまったが、今度こそ返してもらうぜ——未来を」

銀時は静かに木刀《ぼくとう》を抜いた。

「たとえ——てめーらの未来を踏みにじってもなァァァ！」

叫んだ瞬間、銀時はもう魘魅に肉薄していた。

打ち下ろした木刀は、魘魅の錫杖《しゃくじょう》に受け止められた。呪符で作られた杖《つえ》だ。木刀と呪符の杖。力比《ちからくら》べが拮抗《きっこう》し、両者は弾《はじ》けるように後方に飛んだ。

雄叫《おたけ》びを上げ、銀時はすかさず次の攻撃に移った。

振り下ろし、薙《な》ぎ、突く——しかし銀時の攻撃は、錫杖によって、難なくさばかれていく。

銀時の攻撃の間隙《かんげき》を縫《ぬ》い、今度は魘魅が仕掛けてきた。突いてくる錫杖。

「——！」

銀時はかわした。が、危《あや》うく一撃をもらうところだった。

態勢を立て直そうと、横へ走った。が、魘魅はそれを許さない。まるで影のように離れず併走《へいそう》する。

「この！」

銀時はジャンプし、壁を蹴《け》り、不規則な動きで魘魅を攪乱《かくらん》しようとした。が、魘魅は銀時の動きを読んでいるかのように、綺麗《きれい》にトレースしてくる。

魘魅が錫杖を振った。銀時はかわした。が、違和感が胸をよぎった。

——こいつ、俺の動きを……？

銀時も攻撃に転じた。木刀を振る。だが、魘魅も錫杖を振った。その攻撃は、まるで鏡に映したように、銀時と同じだった。相打ちが何度か続き、銀時は焦《あせ》りとともに気味悪さも感じた。

「てめえ……いったい何モンだァァァ！」

渾身《こんしん》の一振り。しかしこれも届かず。また魘魅の錫杖と打ち合うことになった。力での押し合いになり、互いの顔が近づく。妖しい眼が、銀時を見返してくる。だが、言葉は発しない。

「だんまりか……」

銀時は魘魅を睨《にら》みつけ、言った。

「だが、きっちりゲロしてもらうぜ、洗いざらい何もかもなぁ！」

力での押し合いを打ち切り、銀時はまた攻勢に転じた。

打ち、走り、跳《と》び、突く。だが、魘魅の対応は同じだった。まるであらかじめ答えを知っているかのように、銀時の攻撃をかわし、受け止める。

——やっぱりそうだ……こいつ、俺の動きを見切ってやがる。

——だったら！

銀時は攻め方を変えた。

魘魅の後方に見えた柱——あれを使う。

銀時は足元の小さい瓦礫を蹴り上げた。細《こま》かな破片が魘魅の顔に飛び、魘魅は咄嗟《とっさ》に防御姿勢になった。

機械のように正確だった魘魅の動きが、それでわずかに乱れた。

銀時はその隙《すき》に打ちこんだ。

「うおおおお！」

気迫を乗せた連撃で魘魅を防戦一方に追いこんだ。

魘魅は後退し、さっき銀時が目をつけていた柱に背をぶつけた。退路なし。魘魅の注意が一瞬背後に逸《そ》れた。

「そこだああ！」

銀時は木刀を右から振り出した。

殺《や》った——刹那《せつな》の快哉《かいさい》は、しかし幻《まぼろし》だった。

魔魅の錫杖は、この攻撃も受け止めていた。

「——!」

銀時が目を見開いた瞬間だった。

魔魅の反撃が来た。とてつもない斬撃《ざんげき》に、銀時は後方に吹っ飛んだ。致命傷《ちめいしょう》にならなかったのは、無意識の防御姿勢のおかげだ。しかし、それでもダメージは大きかった。

銀時は瓦礫の上に落ちていく。が、地に落ちる前に魔魅の追撃が来た。回し蹴りを喰《く》らい、銀時はさらに後方の壁にぶち当たった。

コンクリートの壁に、銀時の体はめりこんだ。壁に亀裂《きれつ》が走り、口から血が溢《あふ》れた。ずるずると瓦礫の上にへたりこむ。

そこへ魔魅が飛来してきた。錫杖を突き出した魔魅——自身が巨大な槍《やり》のようになって、銀時にとどめを刺すために——

錫杖の先端が銀時に届かんとする、まさにその瞬間だった。

銀時の双眸《そうぼう》はキッと魔魅をとらえた。

魔魅の錫杖が貫《つらぬ》き、銀時の木刀も貫いていた。

銀時は体を沈め、魔魅の突進に合わせて木刀を突き出していた。

魘魅の錫杖は、銀時の背後の壁に刺さり、銀時の木刀は、魘魅の胸の中央を貫いていた。

「これだけきっちり動きを見切られてりゃあ、死んだフリぐれえしねえとな……」

血の跡《あと》の残る顔で銀時は大きく息をついた。

＊

心電図がフラットになるのと、お妙《たえ》の手が体の脇《わき》に落ちるのが同時だった。

医師と看護師が沈痛な表情で計器類を確認した。

白詛《びやくそ》に蝕《むしば》まれた以上、避けられない結果だった。よく持ちこたえたほうかもしれない。

医師は腕時計で時刻を確認した。

＊

「見事だ……白夜叉《しろやしや》」

呪符《じゆふ》の隙間《すきま》から、くぐもった魘魅《えんみ》の声が言った。

銀時《ぎんとき》が後ろにさがると、魘魅はがくりと膝《ひざ》を落とした。

銀時は荒い呼吸のまま、魘魅を見つめた。

「……長かった。どれだけこの時を待ち望んだことか」

魘魅の声が言った。

やっと喋《しゃべ》ったな——言おうとしたその言葉を、銀時は飲みこんだ。

一瞬違和感を覚えていた。違和感の出所《でどころ》は、魘魅の声だ。

「ようやく……これで、終え……られる」

切れ切れの魘魅の声。その声質が次第《しだい》に変わっていくのだ。それも、聞き覚えのある声に……。

「礼を、言うぜ……」

魘魅のその声——銀時は大きく息を吸いこんだ。

「お前……いったい!?」

魘魅は力なく手を持ち上げ、顔の呪符に触れた。幾重《いくえ》にも巻かれたその呪符を、魘魅はほどいていく。

「俺ぁ……お前が来るのをずっと待ってたのさ。世界が崩《くず》れていく音を聞きながら」

乾いた音を立て、呪符は魘魅の足元に落ちていく。

あらわになったその顔を見て、銀時は凍《こお》りついた。

銀時の顔が、そこにはあった。

「俺を殺《や》れんのは、俺しかいねえだろ。なあ、銀時」

呪符の下から現れた銀時の顔が言った。

まぎれもなく自分の顔だった。違うところがあるとすれば、首筋に浮かんだ梵字《ぼんじ》のような模様だろうか。

「お前は……いったい」

銀時が問うと、魘魅――銀時は淡々《たんたん》と答えた。

「見た通りだ。俺はお前自身、五年後の、お前だよ……」

「お前が、俺の……未来の姿だと？」

「銀時……この世界を滅《ほろ》ぼしたのは、魘魅なんぞじゃねえ。坂田《さかた》銀時、お前なんだよ」

「俺が……？」

立《た》ち尽《つ》くす銀時に、もう一人の銀時が続ける。

「この世界で起こったことは、俺が……いや、いずれお前が引き起こす事態なんだ。残念ながら、てめーが探してた魘魅の生き残りなんざ、この世界のどこにも存在しちゃいねえ」

――どこにも……。

呆然《ぼうぜん》とする銀時の耳に、相手の声が流れこんでくる。

「確かに、十五年前、奴《やつ》らは俺たちの手によって潰《つい》えた。だが俺たちゃ肝心《かんじん》な奴を仕損じていたのさ……。一匹、この体にな」

もう一人の銀時は言うと、右手を持ち上げてみせた。

「銀時、お前の体の中には、十五年前から、奴らの呪《のろ》いが息づいている。世界を滅ぼす、ウイルスの苗《なえ》が」

――ウイルスの、苗……。

銀時は思わず自分の両手に視線を落とした。

「俺たちがあの時斬《き》った野郎は、ただの入れ物、魘魅の本体とは、奴らが操《あやつ》るナノマシンそのものだったんだ。奴は、その入れ物が壊れゆく時、俺たちの体に寄生し、十年にわたり、人間の遺伝子情報を喰《く》らい、進化していた」

魘魅の、いや自分の声を聞きながら、銀時は右手の甲にうっすら残る、一条の傷痕《きずあと》を見つめていた。

「そして、人間には対抗しえねえウイルスを生成し、この体から、世界中に飛び立ったのさ」

肉眼では見えない、ナノマシンウイルスが、自分の体から飛散し、この世界を侵食していくさまが、イメージとなって銀時の脳裏《のうり》に浮かんでいた。

白詛《びやくそ》。禍々《まがまが》しき病魔。人を、この世界を破壊する、進化したウイルス。

「気づいた時にゃ、何もかも遅かった……」

諦念《ていねん》の滲《にじ》む自分の声が、廃墟《はいきょ》の中に響《ひび》いている。

「すべてを悟《さと》った俺は、ウイルスに侵食されつつある自我を辛《かろ》うじて保《たも》ち、奴を——魘魅を——ウイルスを道連れにしようと腹をかっさばいた」

はっとして銀時が顔を上げると、もう一人の銀時は「いや」と言葉を継《つ》ぐ。

「かっさばこうとした、だな。それすらも遅かった。俺の体は、もう俺のもんじゃなくなっていたのさ。短刀を握《にぎ》り、てめーの腹に突き立てようとしたが、ウイルスの意志がそれを阻《はば》んだんだ」

もう一人の銀時は、そこで自嘲《じちょう》の笑《え》みを浮かべた。

「俺は死ぬこともできず、自分を止めることもできず、生きる屍《しかばね》となった。てめーの手によって世界が滅んでいくのを眺《なが》めることしかできなかった……。それが、奴らが俺たちにかけた呪い。己《おの》が手で滅んでいく世界を、ただ一人見つめ続けることが、あの時俺たちが背負《せお》った業《ごう》だったんだ」

「それが、呪い……」

自分のせいで崩壊《ほうかい》していく世界を、ただ手をこまねいて見ているしかない悲しみは、銀時の想像を絶していた。

「これでわかったろ。俺は世界を滅ぼした元凶《げんきょう》たる存在。俺という存在を消すために、俺をこの世界に招待したのさ。目論見《もくろみ》は成功だ。お前のおかげで、この世界の俺は、これで消える。だが、銀時――」

木刀《ぼくとう》で貫《つらぬ》かれた胸に手を置き、もう一人の銀時は続けた。

「すべてを知った今のお前なら……まだ何も終わっちゃいねえことはわかるはずだ」

「今の、俺なら……」

「ああ。呪われた因果《いんが》から俺たちを……世界を解放するためには何をすべきか…… お前には、もうわかっているはずだ」

視界の隅《すみ》で、時間泥棒が立ち上がるのが見えた。

もう一人の銀時が続ける。

「準備は整《ととの》えておいた。あとのことは頼んだぜ。坂田銀時……俺を殺《や》れんのは、俺しか、いねえ」

言って、一瞬笑みを浮かべると、もう一人の銀時は静かに目を閉じた。眠ったのではなく、こと切れたのはすぐにわかった。自分と同じ顔をした男が、いや自分そのものがこと切れる瞬間を見るのは不思議な感じだった。体の一部がなくなったようでもあり、同時に何かを託されたような気分でもあった。いや、実際に託されたのだ。未来を。

「銀時様……」

時間泥棒に呼ばれ、銀時は頷《うなず》いた。

「そうか、どうやら、俺の帰るべきところは、元いた五年前じゃないらしいな。……いや、五年前どころか、どの時代にも、俺の帰る場所なんざなかったんだ」

空を見る。悲しい世界を覆《おお》う空は、血を流しているように朱《あけ》に染《そ》まっていた。

「十五年前のあのときから、俺ぁこの世界に存在しちゃならねえモンだったわけか」

時間泥棒に顔を戻すと、銀時は続けた。

「俺は……どこに行けばいい？」

「十五年前。すべての始まり。攘夷《じょうい》戦争の時代、魘魅との決戦の場所へ」

銀時はふっと笑う。

「上等だ。最後の、アレ？　最初のか？　どっちにしろ、ケリをつけるにゃふさわしい場所だ」

もう一度空を見た。そして言う。

「すまねーな。もうおめーらのところには帰れそうにねーや。せめて達者でやれ、新八《しんぱち》、神楽《かぐら》……」

空に別れの言葉を放《はな》ち、歩きだそうとした。

だが、その足がすぐに止まる。

「どこに行くアルか」

銀時はしかし、振り返らなかった。

「達者でやれって、誰に言ってるアルか？」

神楽のあと、新八も言った。

「アンタ、僕たちだけじゃなく、アンタの世界の僕たちまで置いていくつもりですか。……銀さん」

「銀さん」という呼びかけに、銀時は目を閉じた。「珍《ちん》さん」ではなく、「銀さん」と呼んだ。ということは――

「知らないアルか？　この映画特典は、バラバラに持っていても意味がないネ。三つそろって初めて意味がある。三位《さんみ》一体《いったい》の代物《しろもの》なんだヨ」

神楽と新八が今手にしているものが、銀時には振り返らずともわかった。

新八が言った。

「ずっと持ってた。こんなもんでも、僕らにとってはあの人との――アンタとの最後の思い出だったから。いつか、三つそろえられる日が来るんじゃないかって。なのに……」

新八の声が涙で震えた。

「なのに……なんでまた行っちゃうんだよ！　ようやく、また会えたのに！　僕らを残して、みんなを残して、一人でどこ行っちゃうんだよ！　銀さん！」

言《い》い募《つの》る新八の口調は、昔と同じだった。メガネのイケメン便利屋ではなく、ダメガネの頃に戻っていた。

「銀さん、か……」

銀時は息を一つ吐《は》くと、額《ひたい》に手をやった。

「バレちまってんなら、もうこいつは用済《ようず》みだな」

言って、ホクロに似せた装置を外《はず》して、指でどこかに弾《はじ》き飛《と》ばした。そして、懐《ふところ》から特典のフィルムを取り出す。

「……三位一体か」

銀時はフィルムに目を落としたあと、また懐にしまいこんだ。

「だったらきっと、またそろうさ」

そこで、二人を振り返り、銀時は微笑《ほほえ》んだ。

「……だからこいつは、またおあずけだ」

時間泥棒の頭部から光が溢《あふ》れだしたのは、その時だった。タイムマシンが作動し始めたのだ。

「ぎ――」

新八が言いかけた。

光は瞬く間《またたくま》に大きくなり、銀時を飲みこんでいく。

「銀さんんんん!」

「銀ちゃんんんん!」

新八と神楽は光に向かって走りだした。

銀時を飲みこんだ光は、爆発するように輝きを増し、そして――

*

時間泥棒が発した光は、ターミナルの頂上から一瞬で天空へとのびていった。

さながらターミナルから放《はな》たれたビームのようなその光を、かぶき町にいる仲間たちも目にしていた。

空を割るその光の帯は、やがて拡散し、町を、世界を覆《おお》い尽《つ》くしていった――

*

「お客様……。お客様……」

肩を叩《たた》かれて、新八《しんぱち》は目を開けた。

作業着を着たターミナル職員が、心配そうに新八の顔を覗《のぞ》きこんでいる。

「大丈夫ですか？　しっかりしてください」

どこかのバックヤードだろうか。周囲は、大量の荷物がベルトコンベアに載《の》って流れている。壁や天井にはひび一つなく、自分が横たわっている場所も、ごつごつした瓦礫《がれき》の上ではない。綺麗《きれい》な廊下だった。

神楽《かぐら》も、傍《かたわ》らで目を覚ましていた。

ここはターミナルの中。それも跡地《あとち》ではなく、崩壊《ほうかい》する前のターミナル——

新八と神楽は弾《はじ》かれたように身を起こすと、廊下を駆け出した。

ターミナルの外に出て、新八は息を呑《の》んだ。

「江戸《えど》が……元に戻ってる!?」

建物も道路も、何もかもが、世界が滅《ほろ》びる前の状態に戻っていた。

「ま、まさか、銀《ぎん》ちゃんが過去を改変したから、未来も……？」

神楽がはっとしたように新八の顔を見た。

「じゃあ、銀さんは!?　銀さんは一体……」

と、そこに土方《ひじかた》が通りかかった。数名の真選組《しんせんぐみ》隊士も一緒だ。土方はじめ、全員が正規の制服を着けている。

「ひ、土方さん！」

「真選組も元に戻ってるアル！」

電子たばこをくわえた土方に、新八は勢いこんで聞いた。

「土方さん、銀さんは、銀さんを見かけませんでしたか？」

「はあ？ 銀さん？ 誰だそりゃ？」

片眉《かたまゆ》を上げた土方は、さらに続けてこう言った。

「つーか、お前ら誰だ？ なんで俺の名を知ってる？」

＊

砲声、銃声、鬨《とき》の声《こえ》、土埃《つちぼこり》、煙——丘の上に立つ銀時《ぎんとき》の眼下に広がるのは、かつて駆け抜けた攘夷《じょうい》戦争の最終決戦の地だった。

天人《あまんと》と攘夷志士《しし》がぶつかり合っている。

「銀時様、お許しください」

背後で時間泥棒の声がした。

「私は、未来のアナタの願いにより生まれた存在。未来を変えるために作られた存在。故《ゆえ》にあなたをここに連れてこなければならなかった」

銀時は無言で戦場を見つめている。

「どんな犠牲《ぎせい》を払っても、未来を取り戻さなければいけなかった。たとえそれがアナタという存在が消えた未来でも」

そして時間泥棒は、数瞬ためらってから、

「それでも私は……」

「なかったことになんてならねーよ」

銀時はきっぱりと言った。

「え……？」

「たとえみんなが忘れちまっても……俺は忘れねーから」

「銀時様……」

「だから、伝えてもらえるか？　あいつらに」

銀時は言うと、懐《ふところ》から特典フィルムを取り出した。それを差し出しながら、

「お前らと万事屋《よろずや》やれて、楽しかったってよ……」

＊

「嘘《うそ》だろ……」

新八《しんぱち》は呆《ほう》けたようにその建物を見上げていた。

スナック『お登勢《とせ》』の上階、万事屋《よろずや》の看板が掲《かか》げられていたはずのその事務所には、見たこともないサラ金屋の看板がかかっていた。

ここに来る途中、新八たちは、道で出会った人全員に銀時《ぎんとき》のことを尋《たず》ねた。

皆、判で押したように同じ返答をよこした。

誰だ、それは。

坂田《さかた》銀時などという男は知らない。万事屋？　さあね。というか、お前たちは誰だ？

誰もが銀時のことを、万事屋のことを覚えていなかった。理由は明白だった。過去に戻った銀時が歴史を改変したからだ。そのせいで未来が、つまり「今」が自動的に、強制的に補正され、その結果、皆の記憶から銀時のことが欠落してしまったのだ。

会う人すべてが銀時のことを知らない——まるで壮大《そうだい》なドッキリにでもかけられているような感覚だった。

だが、ドッキリなどではなかった。その証拠に——

「銀さん……、銀さん……」

新八は、自分の脳内から、銀時にまつわる記憶が徐々に消えていくのを感じていた。

——僕の記憶にも、補正が……？

新八は、刻々と銀時のことを忘れつつある自分に愕然《がくぜん》とした。

同じことが神楽《かぐら》の身にも起きているようで、薄れていく銀時の記憶を繋《つな》ぎとめるように唇《くちびる》を結んでいる。

消えていく。風が砂をさらっていくように、銀時との思い出が消えていく。いやだ。そんなのは——

「やめろぉおおおお！」

「銀ちゃんんんんん！」

新八と神楽は走りだした。

「僕らは、こんな未来、望んじゃいない！　アンタのいない未来なら、そんなの僕らはいらない！」

涙を流しながら、新八と神楽は空に叫んだ。

「銀さんんんんん！」

「銀ちゃんんんんん！」

そこで、ブラックアウトするように新八の意識は途切れた。

*

木刀《ぼくとう》を振り上げ、腹の底から雄叫《おたけ》びを上げ、銀時《ぎんとき》は丘を駆け下った。

鬼神《きしん》の如《ごと》き気合いが、天人《あまんと》や攘夷志士《じょういしし》たちをどかし、銀時が走る道を作った。その道の先に、見えた。

自分の後ろ姿が。鉢巻《はちまき》を巻き、甲冑《かっちゅう》を着けた、白髪頭《しらがあたま》。

あそこにいる「俺」。

俺は、あの「俺」を倒さなければならない。そのために、ここに来たのだ。

あの「俺」の中には、もうナノマシンウイルスが巣食《すく》い始めている。十五年後の元凶《げんきょう》が、あの体の中に——

だから、貫《つらぬ》く。息の根を止める。今度こそ。そのために俺は来た。

「おおおおおお！」

銀時は駆けた。

そして、木刀に想《おも》いをこめ、突き出した。

木刀は相手の背に刺さり、貫通した。

「……こいつでシメーだ」

ぐらり、と倒れる——はずの相手が、しかし倒れずに振り返った。そして言った。

「ああ、シメーだな」

「……え？」

「シメーだって言ってんだよ。てめーの取り戻した、ロクでもねえ未来はな」

そう言うと、刺されたそいつは白髪頭に手をやった。それは、白髪のカツラだった。つまり、こいつは「俺」ではない。

正体をさらしたそいつの顔を見て、銀時は目を見開いた。

「マダオ!?」

長谷川《はせがわ》だったのだ。

「ったく、アブねーな。あやうく本当に死ぬところだったぜ」

長谷川はダンボール製の鎧《よろい》を身にまとっている。銀時の木刀は、長谷川の羽織《はおり》だけを貫いていたのだ。

——え。

銀時は目をパチクリさせてから、

「えええええええ!?　ちょ、ちょっと待てェェェ！　な、なんで俺が、なんで銀さんが、マダオになってんだぁ!?」

「そりゃ銀さんはマダオだろ」

と、長谷川はあっさり言う。

「いや、確かに銀さんはマダオだよ。でもそりゃまだ先の話だろ。この時代の銀さんはまだ、ちゃんとしてるっつーか、眉毛《まゆげ》と目の間が狭いっつーか……いや、そもそもなんでてめーがここにいるんだよ！」

「なんでって……」

長谷川は懐《ふところ》から酒を取り出すと、

「てめーが一人ぼっちで寂《さび》しいだろうと思って、こうして酒持ってきてやったんじゃねーか。まあ、どうやら違うほうの銀さんにふるまっちまったみてーだが」

銀時は片眉《かたまゆ》を上げる。

「違うほうって……？」

長谷川はニヤッと笑い、

「ったく、今も昔もおめーらは変わらねーな。おめーら志士のアジトに酒持って陣中《じんちゅう》見舞い行ったらよ、見知らぬ俺を怪《あや》しむどころか、どんちゃん騒ぎだ。今頃連中、二日酔いで潰《つぶ》れてる頃だろうよ」

「二日酔いって……」

「でまあ、さすがに悪いなと思って、せめて代わりに俺が闘《たたか》おうと、こうして出てきたってわけよ」

「え、ちょ、ちょっと待って、じゃあ、ひょっとして……」

だんだん話が見えてきた。銀時はおそるおそる長谷川に聞いた。

「今日ここに、俺、来ないってこと？」

そんでもって……と、銀時は視線を転じ、遠くに鎮座《ちんざ》した宇宙船を見やる。そこには、魘魅《えんみ》のボスとその部下たちがわらわらと集まっていた。

「魘魅、まだピンピンしてんのォォォ!?」

「そういうことだな」

と、こともなげに言う長谷川の胸倉《むなぐら》を掴《つか》み、

「てめええ！　何してくれてんだあああ！　せっかく未来変えるためにここまで来たのに！」

「オイ、見ろ！」

と、そのとき敵の天人兵が声を上げた。

「白夜叉《しろやしや》だ！　あそこに白夜叉がいるぞォ！」

「討《う》ち取《と》れ！　白夜叉の首をあげろォ！」

その声を合図に敵が大挙して動き、銀時はあっという間に包囲されてしまった。

「あばば！　どうしてくれんだよ！　変わんねーどころか未来はオシマイだぁ！」

頭を抱《かか》える銀時だったが、長谷川のほうはひどく落ち着いていた。

「うろたえんなって。未来なら、もう変わったよ銀さん」

「え」

と長谷川を見返す。

長谷川は続けた。

「未来は変わった。だから俺はここにいるんだよ。俺は、お前の救ってくれた未来から、こうしてまた懐《なつ》かしいアホ面《づら》拝みに来たんだ」

「俺の、救った未来……？」

そこへ敵の軍勢が殺到してきた。

が、銀時が木刀を振るう前に、爆発音と爆風が起き、天人兵たちが吹っ飛ばされた。

漂う爆煙と土埃《つちぼこり》の向こうに、人影が立つ。その人影が言った。

「そうですよ、銀さん。だから僕らはここにいる。アンタが取り戻してくれた、平和な輝かしい未来を……」

そこで煙が晴れ、新八《しんぱち》と神楽《かぐら》、定春《さだはる》の姿が現れた。

「ぶっ壊すために」

銀時は目を瞬《しばた》いた。

「てめーら、なんで、ここに……」

「決まってるじゃないですか。ここに、僕らが本当に欲しかった未来があるからです」

新八が言った。

「私たちが、銀ちゃんなんかにお膳立《ぜんだ》てされた未来で、のうのうと生きてくタマだと思ってたアルか？」

神楽が言って、ニッと笑う。

「そうですよ。僕たちが、アンタの犠牲《ぎせい》の上に成《な》り立《た》った平和の中で笑って生きていけるようなタマだと思っていましたか？」

「…………」

「そんな未来、僕たちは御免だ」

「――私たちは御免だ」

新八と神楽は言って、頷《うなず》いた。

「銀さん、アンタは、自分の命を賭《と》して、僕らに未来を繋《つな》いでくれた。だったら僕らは、その未来で、アンタを取り戻す」

新八が力強く言ったあと、定春も一声《ひとこえ》強く吠《ほ》えた。

「てめーら……」

銀時はかぶりを振った。

「そんなマネできると思ってるのか……俺たちだけでよ……」

「できるさ」

声——近藤《こんどう》の声が聞こえた。と同時に、さっと旗があがる。それは「万事屋《よろずや》」と書かれた幟旗《のぼりばた》だった。

「てめーらまで……」

近藤が、真選組《しんせんぐみ》と、そして桂《かつら》一派を引き連れていた。全員いつもの服装に戻っている。桂のそばにいるエリザベスも、もう筋肉ムキムキ野郎ではなかった。

近藤に続けて、桂も言った。

「銀時、お前はもう、一人ではないのだからな」

「そうよ。だからできないことなんて、何もないわ」

その言葉とともに、さらに援軍が姿を現した。

お妙《たえ》を先頭にした、月詠《つくよ》やさっちゃん、九兵衛《きゅうべえ》たちだった。彼女たちの背後には、吉原《よしわら》の百華《ひゃつか》や柳生《やぎゅう》家の面々もいる。

薙刀《なぎなた》を手にしたお妙が言う。

「呪《のろ》われた過去だろうと未来だろうと、ここには、万事屋がいるんだから」

「てめーら……」

銀時は、駆けつけた仲間の顔を順に見つめた。ここが死地になるかもしれないというのに、みんなの表情は晴れ晴れとしていた。

「銀時様」

その声は背後からだった。振り返ると、時間泥棒が立っている。

「お前……」

「銀時様、約束しましたよね？　あなたの想い、あなたのその魂《たましい》は……私がきっと届けるって」

時間泥棒は言うと、自分の頭部に手をやり、それを外《はず》してみせた。

「たま！　お前……」

現れた新《あら》たな顔は、たまだった。

「これでようやく三つそろいましたね」

たまがスーツの懐から、銀時の特典フィルムを取り出した。

「それは……」

銀時は、たまからフィルムを受け取ると、顔を上げた。新八と神楽がにやにやしながら、自分たちのフィルムを掲《かか》げてみせた。

「そろいましたね、やっと」

「三位一体《さんみいったい》アル」

銀時は思わず笑《え》みを浮かべた。

「ああ、そろった。……そろったけどよ、こういう仲間の証《あかし》って、もっとカッケーもんだろ普通」

「ふふ、僕らしくていいじゃないですか」

「そうそう。背伸びしてもボロが出るアル」

そこへ、たまがモニター付きのトランシーバーを差し出した。

「銀時様、お話ししたいという人が……」

見ると、モニターに映っているのは源外《げんがい》だ。

「オイ、銀の字！　俺の贈りモンは届いたか？」

源外はスナック『お登勢《とせ》』にいるようだ。モニターには、チラチラとお登勢やキャサリンの姿も映りこんでいる。

「いいか？　おめーたちは、呪われた過去も未来も全部乗り越えたんだ！」

「そうだよ！」

と、お登勢が源外を押しのけて喋《しゃべ》る。

「銀時、アンタの立ってるそこはもう、レールの続いた明日《あした》でも昨日《きのう》でもありゃしないんだよ。ただの、かぶき町さ」

ばーさん、と呟《つぶや》く銀時に、お登勢が続ける。

「さっさとケリつけて家賃返しにきな、このバカたれが！」

「ツケもな」と源外。

「土産《みやげ》モナ！」とキャサリン。

トランシーバーをたまに返すと、銀時は、やれやれとかぶりを振った。

「やってくれたな。てめーらバカどものせいで、明日も昨日も前も後ろも、もう見えなくなっちまったよ」

言って、銀時は腰に戻していた木刀を握《にぎ》り締《し》めた。

「……だが、てめーらのおかげで、一つだけ見えたぜ。このバカの帰るべき場所がよ」

銀時が顔を上げると、新八と神楽の笑顔に迎えられた。

「さあ、行こう。銀さん」

「銀ちゃん」

新八と神楽が言い、銀時は頷き返した。

「ああ。どこへだって行ってやるさ！」

遠巻きにしていた天人の軍勢が動き出したのはその時だった。

「討ち取れー！　全員まとめて討ち取れェエエ！」

天人の兵が号令し、それに呼応して軍勢が迫《せま》ってきた。

「上等だあァァ！」

銀時たちも走りだした。

「俺たち万事屋の首、とれるもんならとってみやがれェエエ！」

すぐさま天人軍と万事屋軍の総力戦が始まった。

各所で戦端《せんたん》が開かれ、剣戟《けんげき》の音が響《ひび》きだす。

銀時が木刀で薙《な》ぎ払《はら》い、神楽は傘《かさ》で蹴散《けち》らし、新八も後《おく》れをとらずに木刀を振るう。

魘魅以外の天人は雑兵《ぞうひょう》と言ってもいいレベルだったが、その数に圧倒された。

倒しても倒しても、雲霞《うんか》のごとく湧《わ》き出《で》てくる。

背後を取られた――銀時が舌打ちした瞬間、その敵が討ち取られた。

助勢に来たのは、お妙だった。

「姉上！」

新八が叫ぶ。

薙刀をかまえたお妙は、銀時と背中合わせになった。

「へっ、病《や》み上《あ》がりが何しに来やがった」

銀時が軽口を叩《たた》くと、

「返さなきゃいけない借りを思い出したんです」

お妙が言った。二人は得物《えもの》を振るいながら話している。

「貸しなんざ作った覚えはねーよ。未来を変えたついでに、とんでもねえ女、地獄から蘇《よみがえ》らせちまったってな」

「地獄から蘇ったのはお互い様でしょ、世界を滅《ほろ》ぼした大魔王さん」

「おーおー、余計な減らず口まで治《なお》ったようで何よりだよ」

「おかげさまで、ね」

お妙が微笑《ほほえ》んだところへ、敵天人が三体飛来してきた。

迎《むか》え撃《う》とうとした銀時だったが、そこへ声と人影。

「あぶなーい！　妙ちゃーん！」

飛んできた九兵衛が、天人二体を一瞬で打ち払った。「ナイス！」と思った銀時だったが、九兵衛はその銀時の顔面を踏んづけて着地した。

「こいつのそばにいると、また病気が伝染《うつ》る」

真顔《まがお》で言う九兵衛に、

「いや、危ないってそっちィィィ!?」

銀時はシャウトする。

そこへ今度はコイツが駆けつけてくるからややこしい。

「病気ですと？　お妙殿《どの》！　いったいどこの●●●《ビー》から伝染《うつ》されたんですか!?」

東城《とうじょう》だ。

「そっちじゃねえよ！」

目を吊《つ》り上《あ》げたお妙と九兵衛が東城をジャイアントスイングで投げ飛ばす。そのおかげで天人たちが薙ぎ払われる。

「……ったく騒々しい連中だぜ、相変《あいか》わらずよ」

銀時が苦笑すると、九兵衛が近づいてきて言った。

「銀時、もう君の好きにはさせないからな」

「あん？」

「もう一度お妙ちゃんをあんな目にあわせてみろ。僕は君を許さない」

九兵衛が語気を強めた。

「もう一度、勝手に僕らの前から姿を消してみろ。僕らは決して君を許さない」

「九兵衛……」

地鳴りのような怒号《どごう》とともに天人の軍勢が押し寄せてきたのは、その時だった。軍勢は二方向から。魘魅ではないが、それでも十分に異形《いぎょう》の天人たちが、グロテスクな塊《かたまり》となって銀時たちを挟《はさ》み撃《う》ちしようとする。

木刀をかまえ直し、銀時は迎え撃つ態勢になった。が、木刀よりも先に、クナイの雨が敵を足止めした。

銀時の前に着地したのは、月詠とさっちゃん、二人の忍《しのび》だった。

「九兵衛の言う通りじゃ」

月詠が言った。

「世界を滅ぼした大悪党に、世界を救った救世主……」

「どっちに転んでも似たようなものだけど」

と、さっちゃんが言い、そのあと二人は声をそろえた。

「今度は、転ぶときも、起き上がるときも、ぬしと一緒じゃ」

「――アナタと一緒よ」

「さっちゃん、ツッキー！」

二人の登場に、神楽が声を弾《はず》ませた。

「待たせおって、バカ者めが」

「あんまり遅いから、時空超《こ》えて会いに来ちゃったわよ」

そう言う二人が、こちらに背を向けたままなので、

「のワリにはツラも見せねえな。さては、てめーら、老《ふ》け……」

だが銀時は最後まで言えず、二人のキックを顔面に浴びた。

「アンタの顔なんて散々見飽《みあ》きてんのよ！　調子にのんないでよね、もう！」

「さっさと行きなんし」

手荒く送り出された銀時に、九兵衛が言った。

「ここは僕たちが引き受ける。あとは任《まか》せて、行け」

「……心強《こころづ》えや」

銀時は、にっと笑うと、新八、神楽と顔を見合わせて頷いた。

「銀さん」

と、お妙が静かに告《つ》げた。

「さよならは、もう言わなくていいですよね？　今度は、ちゃんと帰ってきますよね？」

銀時は、肩をすくめると、

「……帰ってくる？　いや」

お妙を振り返った。

「……もう、帰ってきたさ」

それだけ言って、銀時は走りだした。新八と神楽も続く。

たった三人が、何百という天人の塊を突破していく。そのさまを見送りながら、さっちゃんが呟いた。

「……バカみたい。昔と変わらない姿で銀さんを迎えるはずだったのに」

「確かに、こんな顔では、迎えることも送ることもできんな」

月詠も続けた。二人の目からは、涙が溢《あふ》れていた。

「どうやら、帰ってきたのはアイツだけじゃないようだ」

九兵衛が二人を見ながらお妙に囁《ささや》いた。お妙も笑って頷く。

「そうね」

——みんな……お帰りなさい。

＊

砦《とりで》として使っている、宇宙船の上で、魘魅《えんみ》のボスが訝《いぶか》しげに戦況を見ていた。

優勢だったはずが、いつの間にか逆に押されつつあった。

『万事屋《よろずや》』と記《しる》された旗を掲《かか》げた一団が、数個の隊に分かれ、こちらの軍勢を切《き》り崩《くず》しにかかっているのだ。

「何をしている？　奴《やつ》らは、あの部隊はいったい何だ？」

ボスの問いに、幹部の魘魅兵が答えた。

「未確認の部隊のようです。まさか白夜《しろや》叉《しゃ》や鬼《き》兵隊《へいたい》以外にも、かような精鋭がいようとは」

「構《かま》わぬ」

魘魅のボスが告《つ》げた。

「たとえ何者であろうと、我ら星崩《ほしくず》しの呪《のろ》いからは……、この星にかけられた絶対的な滅《ほろ》びの呪縛《じゅばく》からは、逃《のが》れられはせぬわ」

＊

敵陣の深部へと、銀時《ぎんとき》たちは突き進んでいた。

雑兵《ぞうひょう》は、どれだけ蹴《け》散《ち》らしても意味がない。本体である魘魅《えんみ》たちを叩《たた》かなければ、この戦いに終わりはない。

魔魅——いた。

墜落した宇宙船を砦《とりで》にし、銀時たちを待ち受けている。その砦から、魔魅の一団が進発した。

錫杖《しやくじよう》で攻撃してくる連中を木刀《ぼくとう》で倒し、突破する。第一陣の魔魅は、それでさばいた。

が、すぐに湧《わ》き出《で》た第二陣の魔魅が、印《いん》を結んで何かを唱《とな》え始めた。

虫の羽音のような禍々《まがまが》しい詠唱《えいしよう》であった。

「まずい！　あれは、蠱毒《こどく》！」

銀時が叫ぶと同時に、魔魅たちの体から呪符《じゆふ》が浮かび上がり、宙に漂った。

「放《はな》てぇ！」

先頭の魔魅が号令すると、呪符が弾丸となって銀時たちに降《ふ》り注《そそ》いだ。

掠《かす》りでもしたら、その瞬間にウイルスの餌食《えじき》だ。

——だが、この数！

その時、炸裂音《さくれつおん》が響《ひび》いた。

爆弾、それも複数が爆発し、呪符の雨が爆風でちりぢりになった。

「その手は食わんぞ、魔魅！」

万事屋《よろずや》たちの後方から現れたのは桂《かつら》とエリザベスだった。桂は手に爆弾を持っていた。

「貴様らの手の内は読めている。侍《さむらい》に同じ手が二度通ずると思うな」

『かっこいい！』

桂の言葉に合わせて、エリザベスがボードを見せた。

そこへ、真選組《しんせんぐみ》も現れる。

「やれやれ、真選組も地に落ちたもんだ」

言ったのは、バズーカを担《かつ》いだ山崎《やまざき》だった。他にも数名の隊士が肩にバズーカを担いでいる。

「ようやく復活したと思ったら、また幕府《ばくふ》相手に攘夷志士《じょういしし》へと逆戻りですか」

「ザキの言う通りでさぁ」

と続けたのは、山崎の隣に立った沖田《おきた》だ。近藤《こんどう》、土方《ひじかた》の姿も見える。

「あんな赤目の包帯野郎たちより、この時代にゃ、ナマツバもんの大物志士がゴロゴロしてるってのに」

「心配するな、総悟《そうご》。全部終わったら、全員まとめてしょっぴくさ」

近藤がにやりと笑って言う。

「局長の言う通りだ。でなきゃ、わざわざコイツのために、こんな時代まで来ねぇ」

そう言ったのは土方だ。いつの間にか、銀時の背後には、沖田、近藤、土方、三人の剣が突きつけられていた。

「だろ？ 白夜叉殿《しろやしゃどの》」

くわえ煙草《たばこ》で言う土方に、銀時はかぶりを振る。

「やれやれ、時空超《こ》えてまでお役所仕事とはな。……上等だよ。全部終わって、未来が変わって、それでもこの腐《くさ》れ縁《えん》、忘れてなけりゃ、お縄《なわ》でも何でも頂戴《ちょうだい》してやらあ」

「忘れねーさ。忘れたくともな」

沖田が言い、剣をかまえ直した。

「ああ、たとえ地獄の果てだろうと、時空の果てだろうと」

近藤も沖田に続いて、剣をかまえ直す。

真選組の三人は、剣の切っ先を魘魅たちに向け、

「必ずてめーらを捜《さが》し出《だ》してやらあ！」

声をそろえ、先陣を切って魘魅たちに向かっていった。

その後方から山崎の指示で、バズーカが連続して火を吹く。

「奴《やつ》らに蠱毒を撃《う》たせるなぁ！」

宙に浮かぶ呪符が、爆風により無効化していく。

爆煙の中、万事屋たちに真選組の三人を加えた六人が、敵陣を突っ切っていく。

「銀時よ……」

戦陣の風に髪をなぶられながら、桂は、駆ける銀時の背に呼びかけた。

「今まで俺たちは、多くの友を失い、そのたびに打ちひしがれてきた。もうあの時は帰らぬと、そう思ってきた……」

この国を、朋輩《ほうばい》を護《まも》らんとする志《こころざし》を宿していた、かつての自分たち——

「だが、お前は……俺たちは、結局またここへ帰ってきてしまったのだな」

駆ける六人、その行く手に展開した魔魅たちが、無数の呪符でバリアを作るのが見えた。

——させぬ。

桂は爆弾を手に跳躍《ちょうやく》した。

「銀時ィィィィ!」

＊

前方に展開した呪符《じゅふ》のバリアに、銀時《ぎんとき》たちは一瞬立ち止まりかけた。

だが、

「銀時ィィィィ!」

後方から桂《かつら》の声がしたかと思うと、呪符のバリアが爆発で消し飛んだ。桂が援護してくれたのだ。

「貴様らの行く道は、我らが切《き》り拓《ひら》く！ だから！ 未来のためでも、過去のためでもない！ お前の……俺たちの生きる今を――」

桂が叫んでいる。

呪符のバリアが消え、眼前には絶壁のような宇宙船の舳先《へさき》が見えている。

見上げる船上に、魘魅《えんみ》たちはいる。

このあとの銀時たちの行動は、すべて視線と呼吸で決められた。

近藤《こんどう》、土方《ひじかた》、沖田《おきた》が、両手を組み合わせて腰を落とした。

銀時が土方のもとへ、新八《しんぱち》が近藤のもとへ、神楽《かぐら》が沖田のもとへ駆け、万事屋《よろずや》の三人は、真選組《しんせんぐみ》の三人の両手に足をかけ、それを踏み台にして跳躍《ちょうやく》――飛翔《ひしょう》した。

船上めがけて空を駆けあがっていく万事屋たちの背を、桂と真選組の声が後押しする。

「切り拓いてこいィィィィ！」

船上に着地した万事屋。遠くない位置に魘魅のボスと幹部たちが見えた。

一気呵成《いっきかせい》――間《ま》を置かず、銀時たちは魘魅に向かっていった。

幹部たちが進み出て、ボスを守る壁になった。が、新八と神楽が木刀《ぼくとう》と傘《かさ》で、その壁をぶち破る。

壁の消えた視界。その先に立つ魘魅のボス。呪符の巻かれた顔の下に、分厚《ぶあつ》いマントをまとっている姿は、十五年前と同じ。

「おおおおお！」

銀時は木刀をかまえて突進した。

——俺を、仲間を、世界を滅《ほろ》ぼしたコイツを。

——かつて倒しきれなかったコイツを。

銀時の木刀と魘魅の錫杖《しゃくじょう》が激突し、その衝撃《しょうげき》で甲板《かんぱん》に大穴があいた。土埃《つちぼこり》が舞い上がり、爆煙のようになる。

その煙幕が晴れ、穴の底の船内に、銀時と魘魅のボスの姿があった。戦いの場は穴の底に移ったのだ。

魘魅のボスは無傷だった。

銀時は腕に傷を負《お》っている。

魘魅のボスが、かつて銀時に浴びせた言葉を、ここでも吐《は》いた。

「血塗《ちぬ》られたその姿、まさしく白夜叉《オニ》よ。……そうか、貴様が白夜叉《しろやしゃ》。同胞《どうほう》を護《まも》らんがため、修羅《しゅら》の道をゆくか。……だが、お前のその禍々《まがまが》しき手は、いずれその腕に抱《いだ》いた尊《たっと》きものまで、粉々に握《にぎ》りつぶすだろう。それが――」

魘魅はそこで、マントの前をめくって見せた。そこに隠されていた無数の呪符が浮かび上がる。

「――鬼の背負《せお》いし業《ごう》よ。愛する者も、憎む者も、すべて喰《く》らい尽《つ》くし、この星《ジカイ》でただ一人、哭《な》き続けるがいい」

反撃が、来た。

「白夜叉ァァァァァァ！」

鋭い一喝《いっかつ》とともに、大量の呪符が銀時の体めがけて飛来してきた。銀時の体は爆発の衝撃と爆煙に包まれた。

だが、白夜叉は倒れない。爆煙のベールの向こうに立ったままだ。立ったまま死したわけでもない。声がした。

「おめーの言う通りさ。こいつは俺の業だ」

姿を現した銀時は、覇気《はき》を漲《みなぎ》らせていた。

魘魅のボスは、初めて動揺を見せた。

「貴様、蠱毒《こどく》が……」

きいていないというのか――赤い目に戸惑《とまど》いが浮かんでいる。

魘魅のボスは、再び無数の呪符の爆弾を放《はな》った。

銀時に、やはり全弾命中する。が、かすり傷程度しか残らない。

銀時は魘魅のボスに向かって歩き始めた。

「俺が背負うべき業ならば、何度だって俺が背負ってやる」

銀時の体には、呪符に使われている、梵字《ぼんじ》に似た文字が浮かんでいた。

呪符が、また放たれた。しかし、白夜叉の歩《あゆ》みは止まらない。攻撃を受けるたびに、その体に呪符の文字が浮かぶ。

「てめーらのチンケな呪《のろ》いなら、何度だってこの身に受けてやる」

「バカな……。なぜ動ける!?」

魘魅のボスの口から、呻《うめ》くような声がもれた。そしてすぐに、はっとする。

「……まさか貴様、すでに蠱毒を身中に宿しているのか!? そのために、蠱毒に対する耐性が……」

「ああ、そうだ。予防接種済みよ」

「貴様ァァ! いったい何者だァァァァ!」

余裕を失った声とともに、魘魅のボスは錫杖を繰《く》り出《だ》してきた。銀時はそれを木刀でさばいた。何度も打ち合いが続き、やがて銀時の手から木刀が吹っ飛んだ。

好機、と見た魘魅が錫杖を銀時の腹めがけて突き出した。

貫《つらぬ》いた、という感触は錯覚だった。銀時はわずかに体をずらし、錫杖を脇《わき》に抱《かか》えこんでいた。

「くっ……！」

「何度てめーらが俺を祟《たた》ろうとも──」

「何度この手が世界を握りつぶそうとも──俺の世界は、壊れやしねえ」

銀時が言った直後だ。

銀時の頭上から、二つの影が現れた。影──新八と神楽だった。

「てめーらの呪いなんざ、俺の腕なんざ、このバカどもは、たやすく引きちぎらぁああぁ！」

新八の剣と神楽の傘が、ボスの体を、メインコアを貫いた。

「き──貴様らァァァァア！」

貫かれたボスは、怨嗟《えんさ》の声を上げながら壁にぶち当たった。

すさまじい衝撃音と、長く尾を引く断末魔《だんまつま》の声。それがやむと、赤い眼の光が小さくなり、やがて消えた。

新八と神楽は大きく息を吐き、相手から離れた。

これで終わ――銀時が思いかけた瞬間だった。

眼の光が再点灯した。

新八と神楽がぎょっとして身構《みがま》える。が、遅かった。

魘魅のボスは、呪符を触手《しよくしゆ》のように伸ばし、新八と神楽の体をからめとった。と同時に、その体から黒い霧が噴《ふ》き出《だ》した。

黒い霧はみるみるうちにボスの体を覆《おお》い隠《かく》した。その黒い霧の中、メインのコアとは別に、魘魅の動力源であるコアが三個漂っている。

「こいつ、コアが複数……！」

目を見開く銀時に、黒い霧が言った。

「白夜叉、よもや自《みずか》らの身を盾《たて》に仲間を護るとはな」

霧の中から伸びた触手は、依然新八と神楽の体を拘束《こうそく》していた。

「だが、貴様の呪いは解《と》けはせぬ。貴様は、何も護れはせぬ」

声とともに、黒い霧は叢雲《むらくも》のように広がっていく。霧は、三個のコアに先導されるように、船の下、合戦《かつせん》の行われている地上にも流れ出ていく。

――こいつは……。

――浴びちゃならねえ霧だ。

魘魅の蠱毒――ナノマシンの霧なのだ。

事実、地上で黒い霧に飲みこまれた天人の兵たちは次々に倒《たお》れ伏《ふ》していた。

「その死ぬ身を引きずって、尊き者が失われていく様を、眺《なが》め続けるがいい……。この星が朽《く》ち果《は》てるまでな」

土壇場《どたんば》で魘魅のボスが放った、最大最悪の凶手《きょうしゅ》だった。

黒い霧で地球を包み、呪い滅ぼす――

「銀さんんんん！」

「銀ちゃんんんん！」

新八と神楽が叫んだ。死の霧が、今まさに二人を、そして戦場にいる仲間たちを、飲みこもうとしている。

＊

戦場の各所に散る、桂《かつら》や真選組《しんせんぐみ》、月詠《つくよ》たちに、死の霧が迫《せま》っていた――

覚悟はしていた。が、やはりここが死地になるのか――皆が思った。

だが、次の瞬間、霧の成長が止まった。

人魂《ひとだま》のように漂い、霧を発生させていたコアが、何者かの剣により、次々と粉砕《ふんさい》されたのだ。

人影がよぎり、同時に斬撃《ざんげき》の音。一瞬のうちに三個のコアが仕留《しと》められていた。

コアが消えると同時に、霧も薄まっていく。

各所に現れた、思いがけない三人の助《すけ》っ人《と》――コアを破壊してくれたこの男たちは何者か。

三人の背は、どこか飄々《ひょうひょう》としていた。行きがけの駄賃《だちん》だ。長居は無用。三人の背がそう語っているように見えた。

三人のうち一人は兜《かぶと》をかぶり、もう一人は長髪を風になびかせ、残る一人は黒髪で鋭い眼光を覗《のぞ》かせている。

三人は、攘夷志士《じょういしし》だった。この時代、この戦場を、勇猛に駆けていた志士たちだ。

そして彼らには、もう一人、強い絆《きずな》で結ばれた仲間がいた。

その男は――

*

「ぎ、銀《ぎん》さん……」
魘魅《えんみ》のボスの頭部――蟲《むし》型のメインコアに二本の刃《やいば》が突き刺さっていた。一振りの剣と木刀《ぼくとう》である。

新八《しんぱち》と神楽《かぐら》は、すでに呪符《じゅふ》の触手《しょくしゅ》から逃《のが》れていた。

魘魅のボスを貫《つらぬ》く剣と木刀――使い手は二人。その二人が同時に敵にとどめをさしていた。

――こ、これって……。

新八は目を疑った。

白髪《はくはつ》の天然パーマと、白髪の天然パーマ。まとう衣裳は違うが、同じ色の魂《たましい》を持つ侍《さむらい》が並び立っていた。

「何も護《まも》れやしねえだと？　いや……」

一人が言い、

「こんな薄汚れちまった剣でも……」

もう一人が言い、二人の侍は同じ声で続けた。

「護れるもんならまだあるさ」

言葉と同時に、二本の刃がコアを断ち割《たわ》り、魘魅のボスの体を両断した。

苦悶《くもん》の悲鳴が響《ひび》き渡《わた》る。それは無数のナノマシン同士が軋《きし》むような不快な音だった。

船上の黒い霧が晴れていく。それに合わせて、銀時《ぎんとき》の顔に浮かんでいた、呪符の文字も薄れて消えていった。

悲鳴が消え、霧が完全に晴れると、隣にいたもう一人の銀時の姿はいつの間にか見えなくなっていた。

終わった。

これで、本当に終わったのだ。

安堵《あんど》した途端、新八と神楽は地面にしりもちをついた。

「銀さん、今、隣に……」

新八が言いかけると、銀時は薄く笑った。

「気のせいさ」

だが、地面には、もう一人の銀時が残していた刀が突き刺さっていた。

確かにいたのだ、この時代の銀時が、ここに。

しかし新八とて野暮ではない。

「そうですね」

銀時に言って、笑い返した。

＊

魘魅《えんみ》という元凶《げんきょう》を、この世界から駆逐《くちく》したあと、未来から来た万事屋《よろずや》連合軍は、最後の戦いの場となった宇宙船に集まっていた。

「終わったアルな」

神楽《かぐら》が言い、銀時《ぎんとき》は頷《うなず》く。

「ああ」

「これで……未来がどう変わるか見当もつきませんけど」

新八《しんぱち》は言って、彼方《かなた》の空を見た。

「いいんじゃない？　とりあえず昔の銀ちゃんが白詛《びゃくそ》に感染するのは防げたし、あとは何とかなんでしょ？」

「だな。未来に何が起こるかわからねえ。あたりめーの話だ。本来、未来ってのはそういうもんだろうよ」

「銀時様の仰《おっしゃ》る通りです」

たまの声だった。

たまと、そして真選組《しんせんぐみ》や桂《かつら》たちも船上に顔をそろえている。

「たとえどんな未来が待ち受けていようと、皆さんがいるなら、何があっても大丈夫……この事実、私が見つけた大切なデータです。だから、私たちにはもうタイムマシンなんていりませんね」

たまはそう言うと、手にしていた時間泥棒の頭部を遠くへ放り投げた。

「え、ちょっと待って……」

ぎょっとして新八は思わず声を上げた。

「ちょっとォォ！　それなかったら俺たちどうやって元の時代に帰るのぉ？　たまさんん！」

山崎《やまざき》も慌《あわ》てる。

「うるせーぞ山崎」

と、それを沖田《おきた》がたしなめた。

「出番少なかったからって、ここぞとばかりに入ってくんじゃねえ」

「そういう問題じゃないでしょ！」

「そういう問題だよ。ホラ、出番少なすぎて、お前半透明になってるぞ」

「はあ？　何言って……ってホントだあああ！　何これえええ！」

叫ぶ山崎の下半身が、気がつけば透明になり見えなくなっている。

「当然の帰結です」

と、冷静な解説を添《そ》えるのは、やはり体が消えかけたたまだ。

「過去を改変したことで、タイムスリップの事実はなくなり、今の私たちは存在しないものとなったのです。これでタイムマシンなんてなくても帰れます。では皆さん」

ごきげんよう、という言葉を最後に、たまの姿は完全に消えた。

「ちょ、ちょっと待ってえ！　聞いてねーぞ！　まさか消えることになるなんて！」

喚《わめ》きだしたのは長谷川《はせがわ》である。透明化しながら、長谷川が往生際《おうじようざわ》悪く叫ぶ。

「俺はまだ消えたくねえ！　こっちでやんなきゃならねえことがあるんだ。過去を改変して、銀さんとの出会いをなかったことにしてリストラを防ご……」

だが最後まで言えず長谷川も消えた。

「いや、最後にとんでもないこと言ったよアイツ！　後味悪いこと言って消えてったよ！　セリフの途中で！」

銀時がつっこむ。

そして、消えることに抵抗を示したのは土方《ひじかた》も同じだった。

「くそ、わざわざこんな時代まで来たってのに、誰もパクらねーで消えるなんて！　こうなりゃ桂、せめてお前だけでも今のうちにしょっぴいてやる！」

と、手錠《てじよう》を取り出した土方に、しかし、すでに透明化の進行した桂は余裕の態度で答える。

「ふははは！　残念だったな真選組！　俺は一足先に行くぞ！　アディオス、また会おう！」

だが順調に消えていた桂の手に、がしゃりと手錠がかけられる。なぜか透明化が途中で止まってしまったのだ。土方は手錠のもう片方を、すぐそばの手すりのパイプに繋《つな》ぐ。

「よし、てめーはここで繋がってろ。十五年後、またここに拾いに来てやるからよ」

「ちょっと待ってェェェ！　土方君、俺も連れていってェェェ！」

その直後、グサリ、と土方のケツに刀が刺さった。背後から副長を刺した沖田は、

「よし、土方さんはここで寝ててくだせぇ。十五年後、墓立てにきますんで」

そう言って、さっさと未来へ出発する。

「て――てめえ、十五年後、覚えてろよ！」

透明化しつつある体で痛みがあるのかないのか、それはわからないが、憤怒《ふんぬ》の形相《ぎょうそう》で土方は叫び、繋がれていたはずの桂とともに消えていった。

そこへ、例のバカ二人の声が続く。

「そ、そうか！　どうせなかったことになるなら！」

「せめて今だけでも！」

近藤《こんどう》と東城《とうじょう》が、お妙《たえ》と九兵衛《きゅうべえ》に飛びかかった。

「お妙さあああん！　約束する！　十五年後も変わらず君を愛していると！」

「若ぁあああああ！　やっぱり若にはゴスロリが……」

「どうせなかったことになるなら！」

と、迎《むか》え撃《う》つお妙と九兵衛が、近藤と東城を船の外に蹴《け》り落《お》とした。

ああああ――バカ二人の悲鳴が遠くなっていき、最後にグシャリという音がして、静かになる。そして近藤と東城、そしてお妙と九兵衛が消えた。

新八が蒼《あお》ざめて、

「いや、なかったことになってないよコレ！　消える前にしっかり消える音したよ！」

そのツッコミの横で、さっちゃんも発情する。

「いやよ、銀さん！　ようやく会えたのにまたお別れしなきゃいけないなんて！　また会えるわよね！　アニメもうやんないかもしんないけど会えるわよね！」

「あの、すいません、どさくさまぎれに裏事情バラさないでもらえます⁉　黙って消えてもらえます⁉」

「じゃあ、最後にお別れのチューをして！　そしたらおとなしく消えるから！　いいでしよ、銀さん！　どうせ完結篇《へん》なんだから！」

叫ぶや否《いな》や、さっちゃんは銀時に飛びついた。

が、チューは果たせず。なぜなら、さっちゃんの首が消えていたからだ。

「あの、スイマセン。もう首だけお先に最終回みたいなんで黙って消えてもらえます？」

新八が冷静に言うと、首なしのさっちゃんがパニックを起こす。

「どうしてこのタイミングで私だけ首のほうから？　マジやってらんねェェ！　私の首返せェェェ！」

「心配するな。ぬしの首ならここにありんす」

と、聞こえたのは月詠《つくよ》の声。その腕にさっちゃんの首が抱《かか》えられていた。

「だからおとなしく帰るぞ、猿飛《さるとび》」

「いや、心配するわあああ！」

月詠の抱えたさっちゃんの首がシャウトする。

「ちょっとおおお！　消えたとかそういう問題じゃないじゃないのよ！　マジで消されてんじゃないのよ！　アンタ、私に何やったの!?」

「じゃあ、わっちらは先に行くんで」

「あ、さてはアンタ、私と銀さんのチューにやきもち焼いて……」

と、冷やかしたさっちゃんに、月詠は一瞬ムッとすると、

「体のほうは吉原《よしわら》にでも売り飛ばしておいていいから、じゃあまた」

言《い》い放《はな》って、さっさと消えていこうとする。

「ちょっと待って！　私が悪かった！　だから体返して――」

そこで、月詠とさっちゃんの首が相前後《あいぜんご》して消えた。一瞬遅れて胴体も消える。

「みんな……行っちゃったアルな」

急に静かになった辺《あた》りを見回して、神楽が言った。その場に残っているのは万事屋三人と定春《さだはる》だけだった。

しばし沈黙が流れたあと、神楽が言葉を継《つ》いだ。

「銀ちゃん、新八、定春……みんな顔よく見せてよ」

新八は怪訝《けげん》そうに神楽を見た。銀時も同じように神楽の顔を見返す。

神楽が続けた。

「帰った未来で、私たちがまだ万事屋として出会えるとは限らないアル。これで……最後かもしれないから」

「神楽ちゃん……」

その可能性は、新八の胸にもよぎっていた。が、なるべく考えないようにしていたのだ。

「そうか、じゃあ、よおく見とけ」

からりとした声でそう言ったのは銀時だった。

銀時は、神楽と新八の肩に腕を回し、そして定春も加えて円陣を組んだ。

「別れのためなんかじゃねえぞ。もう一度、俺たちが出会うために、てめーらのツラ、しっかり目に焼き付けとくんだ」

「銀ちゃん……」

「銀さん……」

銀時はにやりとして続けた。

新八は息を吸いこんだ。神楽も目を輝かせる。

「俺はいつでも、いつまでも、かぶき町で万事屋の看板ぶら下げて待っててっからよ」

「約束アル」

「きっと、きっとですよ」

あん！　と、定春も吠《ほ》えた。

万事屋たちの体が透明になりだした。

「ああ……約束だ」

銀時が言って、小指を差し出した。ガラにもない、と笑うことは誰もしなかった。

新八と神楽も小指を出して、からめた。定春の前足もそこに加わる。

消えていく。消えていく。そして——

新八だけが取り残された。

「え……？」

一人たたずむ新八の顔には、眼鏡《めがね》がなかった。

状況が飲みこめると、新八は未来に向かってツッコミ砲を炸裂《さくれつ》させた。

「眼鏡だけ行っちゃったんですけどおおおお！」

＊

——最後までうるせー連中だ……。

丘の上から、万事屋《よろずや》たちを見下ろしていた男が、内心に呟《つぶや》いた。その口元には微笑が浮かんでいる。

「オイ、行くぞ」

と、その背中に声がかけられた。

「ああ」

坂田《さかた》銀時《ぎんとき》は高杉晋助《たかすぎしんすけ》に答えると立ち上がった。仲間とともに歩きだす。

今も、未来も、と銀時は思った。

俺は仲間に恵まれてるらしい……。

＊

——そして「今」


「銀《ぎん》さん、銀さん！　何やってんですか！　今日仕事が入ってるって言ってたでしょ！」

新八《しんぱち》に叩《たた》き起《お》こされて、銀時《ぎんとき》はハッとした。

「完全に寝坊アル！」

神楽《かぐら》も怒鳴《どな》っている。

「いっけね！　遅刻だあああ！」

事務所を飛び出し、走りだす銀時。そのあとを、新八と神楽と定春《さだはる》が追う。

ドタバタと出ていった三人と一匹を見送ったのは、事務所の棚《たな》に飾られている三枚一組のフィルムだった。

よく晴れたかぶき町。万事屋《よろずや》の看板に、優しい光が射《さ》しかかっている。

映画予告風に

『3年Z組銀八先生』大紹介!!

2004年、すべてはここからはじまった——

2006年
記念すべき第1弾——

銀魂 3年Z組銀八先生

2007年——

銀魂 3年Z組
銀八先生2
修学旅行だよ!!
全員集合!

2008年——

銀魂 3年Z組
銀八先生3
生徒相談室へ
行こう!

2009年——

「銀八先生」完結!?

銀魂 3年Z組銀八先生4
あんなことこんなこと
あったでしょーがァァ!!

…と思われたが、

世界の
未来は、

この男達が
斬り開く!!!
空知英秋
銀魂《ぎんたま》
ジャンプコミックス
絶賛発売中!!
全77巻
空知英秋が描く
義理人情の物語!!

■初出
劇場版銀魂 完結篇 万事屋よ永遠なれ　書き下ろし

この作品は、2013年7月公開劇場用アニメーション
『劇場版銀魂 完結篇 万事屋よ永遠なれ』
（脚本・大和屋暁）をノベライズしたものです。

［劇場版銀魂 完結篇］万事屋よ永遠なれ

2013年 7月13日　第1刷発行
2019年12月 7日　第13刷発行

著　者／空知英秋 ◉ 大崎知仁

編　集／株式会社 集英社インターナショナル
〒101-8050　東京都千代田区一ツ橋2-5-10
TEL　03-5211-2632（代）

装　丁／川畠弘行［テラエンジン］

編集協力／添田洋平

発行者／北畠輝幸

発行所／株式会社 集英社
〒101-8050　東京都千代田区一ツ橋2-5-10
編集部 03-3230-6297　読者係 03-3230-6080
販売部 03-3230-6393（書店専用）

印刷所／凸版印刷株式会社

Printed in Japan　ISBN978-4-08-703294-9 C0093